U0920359

# The Water-Babies

Charles Kingsley

# 水孩子

【英】查尔斯·金斯利◎著
杨银玲◎译

中国·武汉

**图书在版编目（CIP）数据**

水孩子 /（英）查尔斯·金斯利著；杨银玲译. — 武汉：华中科技大学出版社，2018.8

ISBN 978-7-5680-3954-3

Ⅰ. ①水… Ⅱ. ①查… ②杨… Ⅲ. ①童话－英国－近代 Ⅳ. ①I561.88

中国版本图书馆CIP数据核字（2018）第178100号

**水孩子** [英]查尔斯·金斯利 著

Shui Haizi 杨银玲 译

**策划编辑：** 王京图
**责任编辑：** 李 静
**封面设计：** 伊 宁
**责任校对：** 梁大钧
**责任监印：** 徐 露
**出版发行：** 华中科技大学出版社（中国·武汉） 电话：（027）81321913
武汉市东湖新技术开发区华工科技园 邮编：430223
**录 排：** 北京欣怡文化有限公司
**印 刷：** 北京富泰印刷有限责任公司
**开 本：** 787mm × 1092mm 1/32
**印 张：** 9.5
**字 数：** 139千字
**版 次：** 2018年8月第1版第1次印刷
**定 价：** 46.00元

華中出版

本书若有印装质量问题，请向出版社营销中心调换
全国免费服务热线：400–6679–118，竭诚为您服务
版权所有 侵权必究

# 第一章

从前，有个替人家清扫烟囱的小童工叫汤姆，这名字又简单又普通，很好记。他住的地方是个大城市，又是在北方，所以清扫烟囱的活儿很多，汤姆能挣很多钱，所以他师傅总有钱花。

汤姆不会读书写字，也不愿意读书写字。他住的地方没有水，所以他从来也不洗澡。没人教过他如何做祈祷，也没人告诉他上帝和耶稣是谁，他倒是在某些人的话里听到过上帝和耶稣的名号，不过那些话你肯定没有听过，唉，真希望他也没听过就好了。

汤姆的日子过得有笑有泪，说不上哪样更多一点儿。在漆黑的烟囱里爬上爬下的时候，他常常会蹭破膝盖或胳膊肘，天天免不了被煤灰迷眼睛，天天都要挨师傅的打，还天天吃不饱。赶上这种时候，他就会哭。有时候，他也和小伙伴一起玩掷硬币，或者玩青蛙跳桩游戏，或者路上有马走过的时候朝马腿扔石子（要是扔了石子还能有堵墙躲起来，那就更有意思了），遇到这样的情况，他总会笑得很开心。至于扫烟囱、饿肚子、挨师傅的打，这些在汤姆看来，就像雨雪雷电一样天经地义。他对此总是摆出一副男子汉的气概坚强地挺过去，就像那头老毛驴，遇上一场冰雹，也只是把大耳朵摇一摇，照旧开开心心地过日子。

汤姆想象着有朝一日，等自己长成大人了，成了扫烟囱的大师傅，他就坐在酒馆里喝着大杯的啤酒，抽着长杆儿烟袋，打牌赢钱。他要穿平绒衣服和长筒靴，还要养一只白色牛头犬，要一只耳朵是灰色的那种，然后自己也像别的男人那样，把他的小狗崽们装在口袋里。再收上几个学徒，一个，两个，三个，能收几个就收几个吧。到时候，他也要像师傅对待自己一样，对他们严加管教，不听话就往死里打。自己要像游行的国王一样，衣服扣眼里别上朵花儿，抽着烟、骑着毛驴在前面走，叫学徒们扛着装煤灰的袋子跟在后面回家。想想看，以后会有好日子过呢。现在嘛，每次师傅把喝剩的啤酒赏他喝上一口，他就觉得自己是镇子上最幸福的小孩。

一天，有个神气的小马夫骑着马进了汤姆住的院子。汤姆刚要躲到墙后面朝马腿扔半截砖头——这可是他们这地方问候生人的特殊礼仪。不料那个小马夫早已看见了汤姆，小马夫跟汤姆打了招呼，向他打听扫烟囱的格莱姆斯先生的住处。巧了，格莱姆斯先生正是汤姆的师傅。汤姆可是个生意好手，招呼主顾总是彬彬有礼，于是他悄悄地把那半截砖头丢在墙后，跑过来接生意。

小马夫让格莱姆斯先生明天早晨到约翰·霍特沃爵爷府上去，说爵爷府里的烟囱该清扫了，还说之前给爵爷府清扫烟囱的人被关到监狱里去了。小马夫留下这几句话就匆匆走了。

汤姆本想问问，之前那个扫烟囱的人为什么被关进监狱了？汤姆对这种事很感兴趣，因为他自己也被关进去过一两次。可惜他还没来得及问，小马夫就走了。而且，小马夫穿戴得那么整洁——褐色的绑腿，褐色的马裤，褐色的夹克衫，雪白的领带上还卡着漂亮的领带夹。一张圆脸又干净又红润——这让汤姆感到很不舒服，甚至有点儿厌恶。汤姆觉得小马夫太傲慢了，他不过是穿得漂亮些罢了，就在自己面前摆谱。哼，那些衣服还不是别人买的。汤姆越想越生气，就又跑到墙后去找那块砖头。但他最终还是忍住了，毕竟人家是上门送生意的，自己还是别惹事了。

师傅见多了一位新主顾，高兴得给了汤姆一拳。为了第二天早晨能按时起床，这天晚上他喝了比平时多一倍的啤酒。照他的说法，人要是醒来的时候头痛得厉害，就会特别想出去呼吸新鲜空气。第二天早上，他果真四点钟就起来了，又把汤姆打了一顿，算是教导他（就像那些少爷们在学校里接受教导一样）这一天要表现得特别好才行，因为这可是去豪门大院，要是能让主顾满意，一定会有大大的好处。

汤姆也是那么想的，就算师傅不打他，他也会尽力做到最好。因为霍特沃府（他一次也没去过）可是天底下最气派的地方，而约翰爵爷（他倒是见过这位爵爷，因为自己两次进牢房都是被他送进去的）又是天底下最可怕的人。

即使在富饶的北方，霍特沃府也算得上是首屈一指的大府邸。它的房子那么大，汤姆记得卢德运动[①]爆发

① 卢德运动：英国工人以破坏机器为手段反对工厂主压迫和剥削的自发工人运动，首领称为卢德王。

的时候，惠灵顿公爵带着一万大军进驻了霍特沃府，房子都能住得下——至少汤姆是这么认为的。霍特沃府里还有一个大园子养着很多鹿，在汤姆的头脑里，那些鹿都是喜欢吃小孩子的妖怪。府里的围猎场方圆有好几英里大，格莱姆斯先生和那些青年矿工有时候会溜进去偷猎。汤姆在那里看见过好几回野鸡，总想尝尝野鸡是什么味道。府里还有个专门养鲑鱼的池塘，格莱姆斯先生和他的朋友倒是挺想去那里偷鱼，可捉鱼得先钻进冰冷的水里才行，这个他们可不喜欢。总而言之，霍特沃府是个了不起的地方，约翰爵爷也是个了不起的老头，连格莱姆斯先生都尊敬他。这不仅仅因为他可以在格莱姆斯犯错的时候把他送进牢房（每周总会有那么一两次），也不仅仅因为他拥有大片土地，也不仅仅因为他是个快乐、真诚又体恤下情的地方官，总是养着一群猎犬，他认为应该怎样对待他的邻居，就怎样对待，他认为自己应该拿什么，就拿什么，更重要的是因为他的体重有两百多磅，谁也不知道他的胸围有多少英寸。即使公平打斗，他也打得过格莱姆斯先生。要知道在那一带能打得过格莱姆斯的人可是寥寥无几。当然了，他那么做是不对的。亲爱的孩子，因为有很多事情，并不是双方都同样能做、同样想做的。遇到约翰爵爷骑着马经过的时候，格莱姆斯先生就会把手举到帽檐上向他敬礼，并称呼他“强壮的小伙”，称呼他年轻的太太“漂亮姑娘”，这两句话在北方是对别人的最高尊称。格莱姆斯先生向他们致敬的时候，其实心里想的是：谁叫我偷猎他的野鸡来着，敬他一句就算是补偿吧。由此可见，格莱姆斯先生肯定没有受过什么正规教育。

我敢说，你们谁也不会在夏天三点钟就起床。有的人三点钟起床是为了捉鲑鱼，有的人起那么早是为了爬阿尔卑斯山，但更多三点钟就起床的人是被逼无奈，汤姆就是这样。不过，说实在的，夏天的三点钟可真是一年三百六十五天、一天二十四小时里最舒服的时候。不知道为什么人们不都在这个时候起床，只能说他们为了毁掉自己的神经和容颜，故意通宵达旦地做那些本来应该在白天做的事情。汤姆和他们不一样，他从不在晚上八点半才出去吃晚饭，也不在晚上十点钟去参加舞会，到下半夜才回家。每天晚上七点钟，师傅出门去酒馆的时候，汤姆就上床睡觉了，而且睡得像死猪一样，所以他总是像只讨人厌的公鸡（总是一大早就把女仆们吵醒）似的，在那些上流社会的先生、太太们刚准备去睡觉的时候，他就准备起床了。

汤姆跟着师傅出了门，格莱姆斯骑着驴子走在前面，汤姆拖着扫帚在后面跟着。出了院子，到了街上，走过紧闭的百叶窗，走过睡眼惺忪的警察，走过一个又一个躺在朦胧的晨光中的灰蒙蒙的屋顶。

他们又穿过门窗紧闭的寂静的矿工居住区，沿着大路走到尽头，来到了乡村。乡村的小路上全是黑煤灰，路旁是用煤渣砌的围墙。四周静悄悄的，只有附近煤矿的机器发出的轰隆轰隆的声音。又往前走了不远，路上变得白起来，墙也一样。墙根下长着高高的野草，夹杂着些鲜艳的花朵，花草上缀着晶莹的露珠。他们听到的不再是机器的轰鸣声，而是高空中云雀嘹亮的晨歌和芦苇丛里小水鸟唧唧啾啾的叫声（它已经叫了一整夜了）。

除此之外，万籁俱寂。因为此时老土地奶奶还在熟睡中呢。说起来，她睡着的样子倒比醒着的时候好看得多，很多漂亮的人都是这样。大榆树还在黄绿交织的草地上沉睡，树底下的牛也在沉睡。就连近处的朵朵白云也在沉睡，一副疲惫不堪的样子，几乎要落地了，这儿一条那儿一片地挂在榆树的枝干间，躺在河边的桤树顶上，等着太阳来叫醒她们，飘到蓝天下做自己的事去。

师徒二人继续往前走。汤姆还没来过这么远的乡村，一路上都在好奇地东张西望，他真想从哪个门里进去，摘点毛茛花，顺便找找篱笆里有没有鸟窝。可是格莱姆斯先生不肯让他去，只想让他赶紧去干活。

过了一会儿，他们看到路上有个爱尔兰贫家姑娘，她背着包袱慢吞吞地走着，头上裹着一条灰色的头巾，身上穿条深红的裙子，一看就是从戈尔威来的。她没穿鞋袜，也许因为累，也许因为脚疼，走路一拐一拐的。她是个高个子的漂亮女人，眼睛又大又亮，浓密的黑发垂过脸庞。格莱姆斯先生看得怦然心动，于是走到她身边向她喊道："你那娇弱的小脚怎么走得了这么难走的路呢，快上来吧，姑娘，骑在我后面，来吧？"

可她冷冷地回答说："不了，谢谢你。我跟这个小孩一起走好了。"

"随你的便。"格莱姆斯气恼地说，又接着抽他的烟去了。

那个爱尔兰姑娘走在汤姆身边，边走边和汤姆攀谈起来，问他住在哪里，会做些什么之类的，不停地问这问那。汤姆从来没见过哪个女人说话这么叫人爱听。后来她又问汤姆做不做祷告，听到汤姆说不会做祷告，她好像很难过。

汤姆也问她住在哪里，她说她的家很远，在海边。汤姆又问她海是什么样的，她给他讲了在冬天的黑夜里大海是怎样的波涛怒号，在晴朗的夏日里，大海又是怎样宁静安详，小孩们总是到大海里戏水，还讲了好多其他好玩的事。听得汤姆真想去看看大海，到大海里畅游一番。

后来，他们走到了山脚下，那里有一条小溪。那小溪和你在这一带常见的小溪不一样，这里的小溪多是从池塘的白沙里冒出来的，岸边长满鲜红的捕蝇草、粉红的石南花、芬芳的白兰花；或许你在这一带还见过另一种小溪，它在空谷山涧里温暖的沙岸下吐着泡泡，从大片大片的蹄盖蕨旁边冒出来，长年累月日夜不息地冲得水底的沙子团团转。汤姆见到的那条小溪和咱们说的这两种都不一样，那是北方典型的石灰泉，和西西里岛或者希腊的泉水是一样的。那些古老的异教徒们就是幻想在这样的溪水旁边，炎炎夏日仙女们坐在那里纳凉，牧羊人躲在树丛后面偷偷看她们。泉水从石灰岩峭壁下的岩洞里汩汩流出，翻着浪花跳跃着，叮叮咚咚欢唱着，清澈得简直分不出哪儿是水，哪儿是空气。泉水流淌到路的下方，变成了一道能够推转水车的激流。岸边开满蓝莹莹的天竺葵、黄灿灿的金莲花，还有野生的覆盆子和堆雪般的稠李花。

格莱姆斯在小溪旁边停下来，看了一会儿。汤姆也停下来看了看，他很想知道那个岩洞里有没有什么东西，到夜里就从洞里出来在草地上飞翔。而格莱姆斯想的完全是别的事，他什么话也没说，只是从驴背上跳下来，爬过路边的低矮挡墙，在小溪岸边跪下身去，把那个难看的脑袋浸到了泉水里，一下子把泉水弄脏了。

汤姆趁机飞快地摘起花来，爱尔兰姑娘也帮着他摘，还教他怎样扎成花束，他们一起扎了一个很美丽的花束。汤姆发现格莱姆斯竟然还在洗脸，感到很意外，花也不扎了。等格莱姆斯洗完脸，开始晃动着耳朵晾干的时候，汤姆开口说：“师傅，我以前可从没见您洗过脸。”

“大概以后你也不会再见到。我并不是为了干净才洗脸的，我只是想凉爽一下。我可不像肮脏的小矿工那样每星期都需要洗脸，那多丢人。”

“我也想把头放在泉水里浸一浸，”可怜的小汤姆说，“这一定和在城里的时候把头放在抽水机下面一样舒服，况且这里还没有教区执事来赶人。”

“得了吧，”格莱姆斯说，“我是因为昨天晚上喝了半加仑的啤酒才洗脸的，你又没喝那么多酒，怎么会需要洗脸？”

“我不管你怎么说。”淘气的汤姆边说边走到泉水旁洗起脸来。

格莱姆斯刚才因为爱尔兰姑娘不愿意和他同行，却愿意和汤姆一起走，本来就憋着一肚子气，现在可算找到理由发泄了。他吼叫着朝汤姆冲过去，一把把他抓住，准备痛打一顿。可汤姆被他打惯了，熟练地把头藏在格莱姆斯的腿间，使劲踢着他的小腿骨。

“你不觉得羞愧吗，托马斯·格莱姆斯？”爱尔兰姑娘隔着挡墙大声呵斥道。

格莱姆斯见她竟然知道自己的名字，吃惊地抬头看了看她，只是说了一句：“不觉得，从来没觉得。”然后接着打汤姆。

“你确实从来不会感到羞愧，要是你会羞愧，你早就回文达尔了。”

“你怎么知道文达尔？”格莱姆斯叫出声来。他停手不打汤姆了。

“我不仅知道文达尔，还知道你干的所有事情。比如两年前的马丁节夜里在埃尔德摩尔发生的事情，我也知道。”

“你知道？”格莱姆斯厉声问道。他放开汤姆，爬过矮墙，直盯着那个姑娘。汤姆以为他要去打她，爱尔兰姑娘也以为他要去打她，但她也直视着他，目光坚定而犀利。

“没错，当时我就在那儿。”爱尔兰姑娘平静地说。

格莱姆斯气急败坏地骂了一大堆脏话，又对爱尔兰姑娘说：“这么说，你并不是爱尔兰人？”

“我是谁并不重要，重要的是我看见了。要是你再敢打这个孩子，我就把我知道的事情都说出去。”

格莱姆斯好像被她的话吓住了，默默地骑上了驴背。

“等一下！”爱尔兰姑娘说，“我再跟你们两个说最后一句话。以后我们还会再见面的，渴望干净的人终将干净，甘愿堕落的人终将堕落。记住这句话。”

她转身走了，穿过一个小门走进草地。格莱姆斯像是吓呆了，站在那儿一动也没动。后来他缓过神来，才跑着去追她，一边大声喊着：“你回来！”可他跑进草地一看，那姑娘已经不见了。

难道她藏起来了？可那里根本没有可以藏身的地方。格莱姆斯四处都找了，汤姆也一起找，他和格莱姆斯一样，对她的突然消失感到非常诧异。但他们哪儿都找不到她。

格莱姆斯只好返回来，安静得像根木头，看来真是有点儿吓着了。他又骑上驴，重新装上烟斗抽了一口，没再教训汤姆。

他们又继续走了三英里多路，来到了约翰爵爷的府邸门口。

爵爷府真大呀，宽大的铁门，高高的门柱，门柱的顶端各雕着一个面目狰狞的鬼怪。那鬼怪青面獠牙，头上长着角，身后长着尾巴。当年约翰爵爷的祖上参加玫瑰战争[①]的时候，身上佩戴的徽章就是这个样子的。他们能想到佩戴这种徽章可真是聪明，因为敌人一看到这么可怕的徽章就会吓得赶紧逃命啊。

格莱姆斯按响了门铃，看门人应声走过来开了门。

“爵爷叫我等着你们呢，”看门人说，“你们就沿着这条大路规规矩矩地往前走，出来的时候可别让我看见你们身上藏了只长毛兔短毛兔的，我可要仔细搜查呢，先告诉你们。”

“要是我们藏在煤灰袋子最底下，你就搜不到喽。”格莱姆斯开玩笑说，自己先笑起来，看门人也跟着笑了，他说：“如果你是那种人，我还是陪着你进去吧。”

“你最好还是陪着我去吧，毕竟照看园子里的野味是你的事，又不是我的事。”

---

① 英王爱德华三世的两支后裔（兰开斯特家族和约克家族）的支持者为了争夺英格兰的王位而发动的战争。16世纪，莎士比亚在《亨利六世》中两朵玫瑰被拔标志战争的开始，“玫瑰战争”一词才被广泛使用。

看门人果然跟着他们一起进去了。汤姆惊奇地发现，这个看门人跟格莱姆斯一路上谈笑风生，非常投缘。他哪里明白，看门人也可能是小偷，小偷也可能是看门人。

他们沿着长长的椴树林荫大道朝前走，这条路足足有一英里长。透过树缝，汤姆看见园子里有些鹿正站在蕨菜丛里睡觉，头上的鹿角那么大，吓得他直发抖。汤姆从没见过那么高大的树，他抬起头朝上看了看，好像天正在树梢上休息呢。更让他迷惑的是，这一路上总有一种嗡嗡嗡嗡的怪声音跟着他们。后来他实在纳闷得不行，便鼓起勇气来问看门人那到底是什么声音。

汤姆因为非常惧怕看门人，所以对他说话的时候很恭敬，还尊称他为“先生”。看门人听了心里很受用，就和气地告诉汤姆，那是椴树花上的蜜蜂发出的声音。

“蜜蜂是干什么的？”汤姆问。

“造蜂蜜的。”

“什么是蜂蜜？”汤姆又问。

“闭上你的嘴。”格莱姆斯呵斥道。

“别训他。”看门人对格莱姆斯说，“他现在是个彬彬有礼的好孩子，不过要是一直跟着你，以后可就说不准了。”

格莱姆斯笑起来，这句话在他听来，是对他的恭维。

“我要是能当看门人就好了，”汤姆说，“那我就可以住在这么漂亮的地方，我也会像你一样，穿上绿丝绒衣服，纽扣上挂一个真正的狗哨。”

看门人笑了，他真是个好心肠的人。

“小家伙，别光看好的时候，不好的时候也有呢。不管怎么说，你们的日子总比我过得安稳，你说是不是，格莱姆斯？”

格莱姆斯又笑起来。接着，两个人压低了说话的声音。不过汤姆还是能听得出他们是在谈论偷猎的事情。后来格莱姆斯气愤地说：“你对我有什么不放心的吗？”

“目前没有。”

“那就等有了再说，现在不要问东问西了。我可是个靠得住的人。”

这句话把他们两个人都逗笑了，他们觉得这话说得真够俏皮的。

这时候，他们已经走到了宅院的大铁门跟前。透过铁门，汤姆看了看院子里盛开的杜鹃花，又看了看那所大房子，他心想：这大房子会有多少个烟囱呢？这房子是什么时候建起来的？是谁建的？建造这房子的工匠一定挣了很多钱吧？

这些问题都很难回答。因为霍特沃庄园前前后后一共扩建过九十次，有十九种不同风格的房子，看上去就像某个人把一整条街上各种不同形状的房子糅合到了一起似的。

它的阁楼是盎格鲁-撒克逊风格。

第三层是诺曼底风格。

第二层是十六世纪意大利风格。

第一层是伊丽莎白一世时期的风格。

右边的厢房是纯粹的多利安式建筑。

中部建有仿帕台农神殿的宽大门廊，那是英国早期的建筑风格。

左边的厢房是古希腊皮奥夏地区的建筑风格，当地人最喜欢这种风格，因为它很像镇子上新建的营房，却比那个大了三倍。

气派的大楼梯则模仿了罗马古墓的风格。

后楼梯仿照了印度阿格拉泰姬陵的风格，这部分是约翰爵爷的祖祖祖叔父建造的，他在克莱夫勋爵的印第安战争中捞了很多钱，也受了很多伤，但品位并不比他的先人高明。

地窖是模仿象岛石窟建造的。

办公的地方则是依照布赖顿的亭阁样式建造的。

其他部分就说不上什么建筑风格了，别说地球上没重样的，就是上天入地也找不到它的踪迹。

因此，霍特沃庄园在文物研究者看来是个难解之谜，而在那些评论家、建筑学家、爱管闲事的人、挖空心思沾别人光的人眼里，霍特沃庄园简直就是拿伯的葡萄园。这些人年复一年地坐在约翰爵爷府上撺掇他，总想让他花上十万八万的，这儿修修那儿建建，其实根本不考虑爵爷需不需要，只是按着自己的想法来。而约翰爵爷总有理由把他们打发走，他可是个精明的北方乡绅。比如，有人劝他建座哥特式的房子，他就推说他又不是哥特人；又有人劝他把房子建成伊丽莎白风格的，他就反驳说，现在是维多利亚时代，又不是伊丽莎白时代；还有人斗胆跟他说，他的房子看着太难看，他就回答说，他是住在房子里面，又不是住在房子外面；有人说他的房子风格不统一，他说这恰恰是他喜欢这座房子的原因，他喜欢看着一代一代的约翰爵士、休爵士、拉尔夫爵士、兰德尔爵士各自在这座府邸里留下的印记，这彰显着他们各自不同的品位。他不想破坏先辈们留下的建筑，就像不想掘他们的坟墓一样。而且这才显得房子有绵长的生命力，有厚重的历史感，它是随着时间慢慢成长的。只有那些连自己的爷爷是谁都不知道的暴发户，才会把自家房子拆掉，换成风行一时的哥特式或者伊丽莎白式。听听约翰爵爷这些说辞，有点儿脑子的人都会明白他是个多有头脑、多有见解的人，所以他在家能把庄园打理得井井有条，在外打猎也是一把好手。

不过，汤姆和他师傅不能像公爵和主教那样从大铁门进去，他们得绕着房子走很长的路，从后面的一个小门进去。一个干粗活的男孩子哈欠连天地出来开了门。他们在过道里碰见了女管家，汤姆看她穿着花团锦簇的棉布印花晨袍，还以为她是这里的女主人呢。她对格莱姆斯说话的口气很严厉，不住地说着“你要当心这个”“你要当心那个”，就好像要爬烟囱的是格莱姆斯而不是汤姆似的。格莱姆斯听她吩咐着，时不时低声对汤姆说：

“你可记住了，小叫花子？”汤姆很用心地一一记住，至少能记住的都记住了。女管家带着他们走进一间大房子，屋里的东西都用大张的草纸盖着。她大声吩咐他们开始干活，态度很傲慢。汤姆因此咕哝了一两句，被师傅踢了一脚。他便从壁炉钻进去，爬到了烟囱里。房子里留下一个女仆看护家具，格莱姆斯先生半开玩笑半献殷勤地和她搭讪着，但她并不怎么搭理他。

不知道汤姆究竟扫了多少烟囱，反正是扫了很多很多，很累很累，而且弄得他昏头昏脑的。因为这些烟囱和他以前在镇子里扫的烟囱不太一样——只要爬上去看看就知道了。当然，没人愿意爬上去看——这些乡村别墅里的烟囱都很大，而且曲里拐弯的，又总是被改来改去，改得一个一个交织贯通（欧文教授准会这么说），所以汤姆在里面完全迷失了方向。不过这一点他倒是不在乎，他已经习惯了在漆黑的烟囱里钻来钻去，就跟鼹鼠在地底下钻来钻去一样。问题出在最后爬出烟囱时，他以为走对了，事实上却走错了，他钻出壁炉站在地毯上才发现，自己以前从来没见过这样的房间。

汤姆从来没见过这样的房间。他以前在上等人家的房间里见到的情景，都是地毯卷起，窗帘落下，家具堆放在一起用布盖着，画像用围裙或布罩着。汤姆常常很好奇地想，这些房间收拾好住着人的时候，不知道是什么样子。现在他可看见了，他觉得非常美。

房间里的陈设全是白色的。白色的窗帘，白色的帐子，白色的家具，白色的墙壁上偶尔点缀着少许粉色。地毯上的小碎花图案颜色很鲜艳。墙上挂的画像都镶着金框，汤姆觉得真好看。那些画像有的画的是绅士贵妇，有的画着马和狗。他喜欢那些马，但不大喜欢那些狗，因为当中没有斗牛犬，甚至连约克郡犬都没有。

有两幅画他最喜欢。一幅是一个穿着长外套的男子，身边是他的妻子和儿女，他的手轻轻地放在孩子们的头上。汤姆觉得这幅画挂在女人的房间里是很合适的，因为他从房间里放的衣物可以看出这是女人住的房间。

另一幅画像画的是一个被钉在十字架上的男人，这让汤姆感到很吃惊。他记得好像在商店的橱窗里看到过类似的画。可是这幅画怎么会在这儿呢？“这个人真可怜，”汤姆心想，“他看上去那么善良那么平和，可是这女人为什么要在她的房间里挂这么一幅令人悲伤的画像呢？也许这是她的亲人，被野蛮人害死在异国他乡，她把他的画像挂在这里是为了纪念他吧。”汤姆看着这幅画，心里既悲伤又敬畏。

他又转过头去看房间里的其他东西。

接下来看到的东西，让他大大吃了一惊。他看见一个洗漱台，上面放着水壶、水盆、肥皂、刷子和毛巾。还有一个放满水的大浴缸，为了洗漱置办这么多东西！“这个女人一定是个很脏的人，”汤姆心想，“按我师傅的说法，只有很脏的人才需要这么费神地刷洗。不过她也一定是个很有办法藏拙的人，因为我在房间里没有看到一点儿脏的地方，连毛巾都不脏。”

他又朝床上看了看，他看到了那个他以为会很脏的女人，一下子惊呆了。

一个小姑娘盖着雪白的被单、枕着雪白的枕头睡在床上，汤姆从来没见过这么美丽的小姑娘。她的脸庞和枕头一样白，一头金丝般的头发在床上铺展着。她的年龄可能和汤姆差不多，或许大上一两岁，不过汤姆没注意这些，他只是在想她的皮肤怎么会那么白皙，头发怎么那么金黄。他怀疑那到底是真人，还是他在商店里看见的蜡人。他看到她在呼吸，这才确信她是个活人。他站在那儿凝视着她，好像她是个来自天堂的天使一样。

不对。她不会是脏的。她绝对不会是脏的，汤姆心里想。他又接着想：“是不是所有的人洗干净之后都像她这样呢？”他看了看自己的手腕，想把上面的煤灰擦掉，又不知道到底能不能擦干净。“要是我能像她这样长大，我一定也会好看得多。”

他看了看四周，忽然看见眼前站着一个又丑又黑、穿得破破烂烂的小孩，双眼茫然地看着他，露着几颗白牙。他气愤地朝那孩子冲过去——这小黑鬼跑到这可爱的小姑娘房里来想干什么？可是再一瞧，却发现那是一面大镜子里面照出来的自己，汤姆以前从来没有看见过自己是这副样子。

这是汤姆有生以来第一次知道自己这么脏，他又羞又急，不由得流下了眼泪。他想悄悄地爬回烟囱躲起来，却不小心撞倒了壁炉的护栏，拨火棍也“咣当”一声倒在地上，那声音大得就像一万只尾巴上拴了洋铁壶的疯狗在狂奔。

那个白净的小姑娘一下子从床上坐了起来，她看见了汤姆，发出像孔雀一样刺耳的尖叫。一个身强体壮的老保姆听到小姑娘的叫声，从隔壁房间里冲了进来。她看见汤姆那副模样，心想这一定是进来偷、抢、砸、烧、无恶不作的坏蛋，便朝他扑过去。汤姆刚要迈过护栏，老保姆一个箭步上去抓住了他的衣服。

但是她并没能抓住他。汤姆曾经被警察抓住过好几回，也从警察手里逃脱过好几回。况且，要是笨得被一个老太婆抓住，以后还怎么有脸面见他那些朋友。所以汤姆一下挣脱了老保姆，穿过房间，眨眼间就从窗口出去了。

汤姆虽然有胆量从窗口直接跳下去，但他并不需要这么干，甚至不需要顺着雨水管滑下去——那可是他的拿手好戏。有一次他顺着雨水管爬上了教堂屋顶，他说是要掏寒鸦蛋，可警察非说他是去偷防水铅板的。警察在下面盯着他，他就一直坐在屋顶和警察耗着。后来一直坐到太阳晒得受不了了，他就从另一个雨水管溜下来跑了，警察只好回警察局吃饭去了。

原来那个窗户下方正好有棵树，差不多有汤姆的脑袋那么粗。树叶很大，开着白色的花朵，可能是棵木兰树，不过汤姆不认识，而且他也不在意这些。他像只小猫似的敏捷地从树上溜下来，穿过草坪，翻过铁栅栏，从园子里朝着树林方向跑了。老保姆只好对着窗外大声叫喊“杀人了，放火了”。

当时，楼下有个园丁正在割草，他看见汤姆在逃跑，急忙扔下手中的镰刀去追，不料镰刀落到了小腿上，把小腿割开一道口子。之后他为此在床上躺了一个星期，不过当时情急之下他没有注意，仍旧去追汤姆了。奶场女工听到喧闹声，匆忙中双膝被搅乳器绊了一下，把搅乳器打翻了，奶油全洒了，她也顾不得收拾，连忙去追汤姆。马夫正在马厩里给约翰爵爷清洗马车，马听到嘈杂的声音，惊得乱蹦乱踢起来，踢腾了五分钟，马夫的腿都被它踢跛了，可是他也跑出去追汤姆了。格莱姆斯慌乱中在刚铺好石子的院子里把煤灰袋子踢翻了，把院子里弄得乌七八糟，可他也跑出去追汤姆了。老管家急急忙忙去开园子的门，他那小马的下巴被一个长钉子挂住了，我估计到现在还在那里挂着呢，但他跳下马就去追汤姆了。正在耕田的人把马留在地头就去追汤姆，结果一匹马跳出了篱笆外，拽得另一匹马连马带犁都摔到了沟里，可耕田的人仍旧跑着去追汤姆了。那个看门人正从兽夹子上取下一只白鼬，结果却放跑了白鼬，夹住了自己的指头，但他也跳起来去追汤姆了。想想他刚才对汤姆的夸奖和态度，要是汤姆被他抓住，我看是凶多吉少。约翰爵爷从他的书房窗口向外看了看（因为他已经上了点儿年纪），又抬头去看那个老保姆，一只貂鼠把一团泥巴弄到了爵爷的眼睛里，他后来请了医生才看好，不过当时他也跑出去追汤姆了。那个爱尔兰姑娘正打算进来乞讨——她一定是从哪条小路上绕了很远才到这儿的——她丢下自己的包袱，也去追赶汤姆了。只有爵爷夫人没有去追汤姆，因为她把头探出窗子往外看的时候，假发掉到了下面的花园里，她只能按铃唤来女仆，叫女仆下去悄悄地把假发找回来，所以她没能出去追，这出戏就没她的份儿了。

简单说吧，府里从来就没这么乱过，即使在温室里猎杀一只狐狸，打碎无数的玻璃和花瓶，也没有这么喧嚣。高喊声、吵嚷声、嘈杂声、起哄声，纷纷扰扰。有提醒的、有指挥的，乱作一团。格莱姆斯、园丁、马夫、奶场女工、约翰爵爷、管家、耕田人、看门人和那个爱尔兰姑娘，都跑进园子去追汤姆了。他们大声喊着“抓小偷”，都以为汤姆用那个空口袋至少偷走了价值上千英镑的珠宝。连喜鹊和松鸡都跟在汤姆后面叽叽喳喳，好像汤姆是只被追猎的狐狸，正在夹着尾巴逃跑似的。

汤姆就这么光着小脚在园子里跑啊跑啊，像一头小黑猩猩一样朝着树林方向逃窜。天可怜见！他还比不上小黑猩猩呢，他可没有大猩猩那样的爸爸肯帮帮他——比如用一只爪子抓破园丁的肚皮，另一只爪子把奶场女工抛到树上去，再一爪子把约翰爵爷的脑袋扭断，同时用牙齿像咬破一个椰子或者鹅卵石那样轻而易举地把看门人的脑袋咬破。

不，汤姆从来不记得自己有过爸爸，所以也没想过能找到爸爸，他只能自己照顾自己。至于奔跑的本领，一般人谁也比不上他。为了讨要一个铜板或者一个烟头，他能追着最快的邮车跑上几英里，还能再一连打上十个车轮翻儿，所以，后面那群追他的人发现要追上他实在太难了，可以肯定地说，根本不可能追上他。

汤姆本能地往树林里跑去。他以前还从来没进过树林子，不过，凭他那股机灵劲儿，他也能想到自己可以躲在灌木丛里，或者爬到树上去，不管怎么说，总比在空地上容易脱身，要是连这个都不懂，岂不是蠢得连老鼠和鲦鱼都不如。

可他进了树林才发现，这地方并不像他想象的那样。他钻进一片茂密的杜鹃花丛里，发现自己一下子就被困在里面了。那些树枝绊着胳膊腿，划拉着他的脸和肚子，他只好把眼睛紧紧闭住（这倒没多大影响，因为睁开也看不了两三尺远）。汤姆好不容易走出了杜鹃丛，又被莎草绊了一跤，把指头都划破了。桦树的枝条劈头盖脸地抽打着他，就跟他是伊顿学校里的公子哥儿似的（所有勇敢的男孩都知道那不是公平的抽打）。脚下的悬钩子缠得他寸步难行，而且它们就像鲨鱼牙齿似的咬啮着他的小腿——大概律师也都长着这样的利齿。

“我得从这里出去，”汤姆想，“不然的话，就得等别人把我弄出去了，我可不想那样。”

可是要想从这里出去可不是件容易的事。要不是他的脑袋突然撞到了一堵墙上，恐怕他永远也出不去，最后只好让那些蓬蒿用它们的叶子把他埋葬掉。

脑袋撞到墙上可不是什么好滋味，尤其是撞到用石头砌起来的粗墙，而且鼻梁正好撞在石头的棱角上，撞得满眼都是各式各样美丽的星星的时候。星星固然美丽，可惜还不到两万分之一秒就消失了，跟着星星一起来的疼痛却不肯走。汤姆就这么撞破了头。不过他是个勇敢的孩子，根本不在乎这点儿小伤。他猜翻过这道墙应该就是树林的尽头了，于是像只松鼠似的从墙上翻了过去。

其实，那是一个巨大的松鸡猎场，当地人叫它霍特沃草甸，那里有无边无际的石南、泥塘和石头，一直伸展到天边。

汤姆很机敏，比得上一头埃克斯穆尔老公鹿。因为他虽然才十岁，但已经比大多数公鹿活得长了，况且他生来就比公鹿聪明。

他和公鹿都知道，只有往后退才能甩开猎犬的追捕，所以他翻过墙之后，立即以最快的冲刺速度往右边跑了一阵，随后又折返回来，然后顺着围墙往前跑了差不多半英里。

而这时，约翰爵爷和看门人、管家、园丁、耕田人、奶场女工，还有一大群叫叫嚷嚷的人，在围墙里边朝着完全相反的方向追了半英里。这样一来，他们就和墙外的汤姆距离一英里远了。汤姆已经听不到那些人在树林里的喊声了，于是得意地哈哈大笑起来。

后来他走过一段下坡路，一直走到了坡底，这才敢离开围墙，转身走进草甸。他知道自己和那群人之间已经隔了一座山，他们绝不会再看到自己了。

那群人里面，只有那个爱尔兰姑娘看见汤姆往哪儿逃了。她不慌不忙地走着，却始终走在那群人的前面。她走得又安稳又优雅，两条腿交替得非常快，看不出哪一条在前，哪一条在后。所有的人都相互打听这个陌生的姑娘是谁，但没人说得出，于是他们便断定她和汤姆是一伙儿的。

可是她一走进树林，就突然消失不见了。那群人再也看不到她了。原来，那女人悄悄地随着汤姆翻过了墙，一路上紧跟在汤姆身后。约翰爵爷和那些人再也没见过她，见不到，也就忘了。

汤姆走进长着石南的草甸，那草甸和别处的草甸差不多，只是到处都是大大小小的石头。再往前走，草甸不但没有更平整，反而越来越崎岖不平了。不过也并不太难走，汤姆还能轻松地小跑着抽空看看这个陌生的地方，这对他来说是个新世界。

他在那里见到了些大蜘蛛，背上长着冠形和十字形的花纹，那些蜘蛛正坐在蛛丝网中央，看见汤姆走过来，一下躲得没影了。他还见到了些蜥蜴，有褐色的、有灰色的、有绿色的，汤姆还以为那是会咬人的蛇呢，不料那些蜥蜴也很害怕他，飞快地钻进石南丛里逃走了。他又在一块石头下面看到了动人的一幕：一只浑身棕红、鼻子尖和尾巴尖上有一撮白毛的大狐狸，身旁围着四五个脏兮兮的幼崽，汤姆觉得这些家伙非常有趣。母狐四仰八叉地躺在地上，舒展着四肢和头尾，晒着明媚的太阳。幼崽们一会儿在它身上跳几下，一会儿围着它跑几圈，一会儿咬咬它的爪子，一会儿拽拽它的尾巴，它看起来好像很享受的样子。一个私心重的小家伙偷偷地离开了大伙儿，走向附近的一只死乌鸦，把那只几乎和它的身体一样大的死乌鸦拖走藏了起来，那几个小兄弟见此情景，立即大叫着朝它冲过去。它们突然发现了汤姆，又赶紧退了回去。母狐跳起来，用嘴叼起一只小崽，其他的跟在它身后，从大石头的一条黑缝里钻进去了。这场好戏就这么落幕了。

接下来汤姆又被惊吓了一下。事情是这样的，他正往一个山丘上爬的时候，听见一阵“咕——咯——噗——噗——咯——咯——咳”的声音传来，接着有个什么东西尖叫着从他眼前一闪而过，那声音很可怕，他还以为地球要爆炸、世界末日就要来临了呢。

等他睁开眼睛时（他刚才紧紧闭上了），发现不过是只大松鸡，原来松鸡正在沙子里洗澡——就像阿拉伯人一样。因为没有水，只好用沙子洗，刚才汤姆差点儿踩着它，所以老松鸡惊跳了起来，像特快列车一般发出一声怪叫，像个老懦夫，丢下老婆和孩子就跑了。老松鸡一边逃，一边叫着：“咳——噜——唔——咕，咳——噜——唔——咕——杀人啦，抢东西啦，放火啦——咳——唔——咕——咔——咯——世界末日到啦——咯——咯——咔——咯。”只要老松鸡眼前发生点儿什么事，老松鸡就总爱说世界末日来了。可是世界末日并没有像这只老松鸡言之凿凿地说的那样在八月十二日到来。

过了一个小时，老松鸡回到老婆孩子身边，神情肃穆地说：“咔——咔——咳，我的乖乖，虽然这回世界末日没来，但肯定后天就来了——咔。”老松鸡经常说这种话，松鸡老婆早就知道怎么回事了，而且比松鸡知道得还多一点。再说了，作为松鸡妈妈，每天要给七个小松鸡喂食洗澡，所以松鸡妈妈很务实，还有点儿急脾气，所以松鸡妈妈只是不耐烦地回答说：“嘁——嘁——嘁——快去捉蜘蛛，快去捉蜘蛛——嘁。”

汤姆就这样往前走啊走啊，自己也说不清为什么，反正他非常喜欢这个辽阔而陌生的地方，喜欢这里凉爽清新沁人心脾的空气。不过他走得越来越慢了，因为山势越来越高，脚下的路也越来越难走。现在他踩着的不再是松软的草地和柔软的石南，而是大块大块的石头，就像铺得很糟糕的人行道一样。深深的石头缝中间长着羊齿蕨，所以他只能从一块石头跳到另一块石头上往前走，时不时就掉到石缝里，尽管他那双赤脚很粗糙，脚趾还是受了伤。不过他还是想继续往上走，自己也不知道为什么。

要是汤姆看到那个爱尔兰姑娘其实一直在后面跟着，不知道他会说些什么。但不知道是因为汤姆很少回头看，还是因为她故意躲在石头和小丘后面不让汤姆看到，反正他一直没发现她，虽然她能看得见他。

汤姆这会儿觉得有点儿饿了，而且很渴。因为他跑了那么远的路，又是大太阳天，脚下的石头被晒得像热锅一样，蒸腾着一团热气，很像是石灰窑上面的那种热气，让周围的东西看上去都颤颤巍巍的像是要熔化掉了。

但他根本不可能找到吃的，也找不到水喝。

石南丛中倒是有很多越橘树之类的，但现在是六月，那些树还开着花呢。至于水，谁能在石头上找出水来呢？他偶尔也遇到过又深又黑的溶洞，那些溶洞一直延伸到地下，像是住在地下的小矮人家的烟囱似的。他有好几次走过这些溶洞的时候，都听到了很深很深的下面有哗哗啦啦滴滴答答叮叮咚咚的水声。他真想下去润一润干渴的嘴唇啊！可是，虽然自己是个很勇敢的扫烟囱的小孩，他也不敢爬这样的“烟囱”。

他走啊走啊，后来热得头直发昏，实在走不动了。忽然，他好像听到远处有教堂的钟声在响。

“啊！”他惊喜地想，“只要有教堂，就一定会有房子和人。说不定会有人给我点儿吃的喝的。”于是他又向前走去，去找那教堂，他确信自己刚才清清楚楚听到了钟声。

可是他又走了一会儿，向四周看了看，又停下了脚步，自言自语地说："天哪，原来世界这么大！"

他现在是站在山顶往下看，看到的世界当然很大——还有什么看不到的呢？

在他的身后，远远的山下就是霍特沃府，还有那片阴森森的树林和那条波光闪闪的鲑鱼河。他的左边，远远的山下是那个城市和煤矿上浓烟滚滚的烟囱。更远处是蜿蜒奔向大海的河流，上面漂着的那些小白点儿，是轮船。他的眼前像是打开了一张地图：辽阔的平原，看不到边的农田，掩映在林木间数不清的村庄。这些就像是在他的脚下一样，但汤姆很清楚，那些离他少说也有几英里远。

他的右边是一重又一重的草甸和山丘，连绵不断，直到天际，与蓝天连成了一体。但就在他和那一重重草甸之间，在他下方不远的地方，汤姆发现了好东西，他一看见就决定下去，因为那正是他希望找到的地方。

那是一条很深很深的山谷，山谷很窄，树木葱茏。

但透过那树木，汤姆隐隐约约看到下面几百英尺深的地方，有一条清澈的小河。啊，要是能走下去，走到水边该多好啊！随后，他又看到河边的屋顶，空旷处是个小园子。园子里有个很小的红色东西在移动，只有苍蝇那么大。汤姆又仔细看了看，原来是个穿红裙子的女人。啊！也许她会给自己一点儿东西吃呢。此时，教堂的钟声又响了起来。下面一定有村庄。那里不会有人认识他，也没人知道发生了什么事。就算约翰爵爷把全郡的警察都派出来追他，消息也不会这么快就传到那儿，而他用不了五分钟就能下到那儿。

汤姆猜得没错，那片呼喊追赶的声音还没有传到那里，因为他没有意识到，自己已经跑得离霍特沃府足足十英里远了。不过他以为五分钟就能下得去，却想错了，因为那个小屋离他虽然只有一英里远，要下去却足有一千英尺。

但是，他还是毫不犹豫地下去了，虽然双脚酸痛、疲惫不堪、又饿又渴，但他没有失去往日小男子汉的勇敢。可教堂的钟声那么大，他开始疑心那是不是自己想象出来的声音，那条小河远远地在下面淙淙地流淌着，唱着这样的歌：

河水清且凉，河水清且凉，流过欢声笑语的浅滩，流过填满梦想的池塘；

河水凉且清，河水凉且清，流过银光闪闪的卵石，流过水沫飞溅的岸堤；

巉岩上画眉鸟儿在歌唱，藤墙上教堂钟声在鸣响。

清净的水，献给纯洁的人；

来吧，妈妈，来吧，孩子；

来这里玩耍，来这里浴洗。

河水黑且脏，河水黑且脏，流过烟囱林立的城市，那里烟飞雾障；

河水脏且黑，河水脏且黑，流过码头、阴沟和滑腻的河堤；

虽长愈黑；虽满愈污；以我罪身，何敢邀君？

躲开吧，妈妈，离去吧，孩子。

河水当不息，河水当自强，闯过打开的河闸，奔向浩瀚的海洋；

河水当自强，河水当不息；脚步虽匆匆，自洁永不弃；

金黄沙滩、灵动汀洲，玉洁潮头，虽远而必至；

我要投身洪流，像有罪的灵魂重获救赎。

清净的水，献给纯洁的人；

来吧，妈妈，来吧，孩子；

来这里玩耍，来这里浴洗。

汤姆向下走去，没有发现那个爱尔兰姑娘也跟在他后面走了下去。

# 第二章

一英里远，一千英尺深。

汤姆最后才发现原来竟然有这么远，虽然乍一看似乎扔块石子就能打中那个红裙子女人的后背，或者打到山谷对面的石头上。谷底只有一块田那样宽，那条小河在对面的山崖下面。小河的上方是灰蒙蒙的悬崖、灰蒙蒙的山塬、灰蒙蒙的山阶、灰蒙蒙的草甸，绵延入云。

这是一片祥和、宁静、富足、令人心旷神怡的地方。一条狭窄的石缝深深地探入地下，那么深，那么偏僻，即使那些恶毒的妖精也找不到这里。这地方叫作文达尔村。你要是想亲自去看看，要先爬上克利文高原，从北临英格尔伯勒的博兰森林开始，一直找到克罗斯山。如果找不到，那就得往南去找山顶湖，从那儿下去走到海角山，一直走到海边。如果还是没找到，那就得往北回到卡莱尔，然后穿过切维厄特丘陵，从安南湖找到贝里克。最后，不管能不能找到文达尔村，反正总能找到那样的乡村、那样的人们，你也一定会为自己变成了一个地道的英国孩子而骄傲。

汤姆继续往下走去。他先是走了三百英尺陡峭的石南丛，其中混杂着像锉刀一样粗糙的粗沙岩，这可让他的小脚丫遭了罪，他跌跌撞撞地好不容易才走完那段坡。这个时候，他仍旧以为自己能把石头扔到下面那个园子里。

然后他又往下走了三百英尺的石阶，石阶一个接一个，就像木匠用尺子比着画好，又用凿子凿出来一样笔直。这一段路连一棵石南也没有，不过——

倒是有个小草坡，上面开满了五彩缤纷的花，有石蔷薇、虎耳草、百里香、紫苏，还有各种香草。

他跳下一级两英尺高的石阶。

那里又是一片花草。

他又跳下一级一英尺高的石阶。

那里也是一片花草地，大约有五十码，但陡得像房顶一样，汤姆只好坐在地上滑下去。

接着又是一级大石阶，有十英尺高。这么高的台阶他不能再往下跳了，就小心翼翼地扒着石阶边儿，寻找有没有可以爬下去的石缝。因为如果不小心滚下去，他就会一直滚到那老妈妈的花园里，把她吓昏。

他找到了一条黑暗中的狭缝，里面长着绿绿的羊齿蕨，就像人们挂在客厅里的花篮里的那样。他手脚并用从石缝里爬下去，如同从烟囱里往下爬一样。随后又是一个草坡，一个石阶……无穷无尽——唉，天哪！我多么盼着汤姆走到头啊。汤姆也同样盼着。这个时候，他仍旧以为自己能把石头扔到下面那个园子里。

接下来，他来到了一片高大的灌木丛，有长着银背大叶子的白面子树，有花楸树，有橡树，树木下面全是巉岩峭壁，上面长着大片大片的羊齿蕨和莎草。透过树木，汤姆可以看到下面的小河浪花滚滚，还能听到河水在鹅卵石上流淌的声音。他不知道，到下面还有三百英尺呢。

人们站在高处往下看，可能会感到头晕，但汤姆一点儿都不感到头晕。他可是个勇敢的烟囱清扫工，所以他发现自己站在高高的悬崖上的时候，非但不会一屁股坐在地上哭着叫爸爸（当然了，他也没爸爸可以依靠），反而会说:“好，这正合我的胃口！”虽然他已经很累了，但还是在继续往下走，爬过树干和巉岩，踩着石头和野草，就好像他生来就是个快乐的小黑猩猩，身上长了四只手而不是两只手似的。

他还是没发现那个爱尔兰姑娘其实一直跟在他后面。

他已经累得筋疲力尽了。山顶上火热的大太阳快要把他烤干了，树木葱茏的岩石上蒸腾的湿热空气更让他窒息。从指尖和趾尖冒出来的汗水，把他洗得干干净净的，他在一年当中哪天都没有这么干净过。不过，当然喽，所经之处也都被他弄得脏得不成样子了。那座巉岩从此以后就从上到下多了一道宽宽的黑色污迹。文达尔一带的黑甲虫从此就前所未有地多起来，这是因为汤姆把它们的祖宗染黑了——当时，一只甲虫正要去成亲，穿着蓝上衣红裤子，神气得就像嘴里衔着花的看家狗似的，却正好赶上汤姆路过，把汗渍滴到了它身上。

汤姆终于下到了谷底。不，等一下，其实并没到底——下山的人常常会发现这样的情况。因为峭壁的下面有一堆堆从上面落下来的大大小小的石头，小的有人头那么大，大的有邮车那么大。这一堆堆的石头空隙里长着芬芳的石南和羊齿蕨。汤姆从这些石头上走出去，就又走到了太阳底下。就在那一瞬间，汤姆心头突然涌上一种异样的感觉，也就是人们常有的那种撑——不——住——了的感觉，他撑不住了。

在正常人的生活中，一生总会有那么几次撑不住的时候。无论你有多强壮多健康，当这种时刻来临的时候，你会发觉自己是多么无力多么绝望。但愿某一天你陷入这种境地的时候，能有个健壮而顽强的朋友在你身边。因为如果没有的话，你就只能像可怜的汤姆那样，就地躺下，等待恢复。

他实在走不动了。太阳像着了火一样，他却浑身打着冷战。他肚子里空空的，却想呕吐。他离那个小屋只有二百码宽的平坦草地了，但他无法走下去了。他能听见小河就在田地那头淙淙流淌，他却觉得离他有一百英里远。

不知道他在地上躺了多久，甲虫在他身上爬来爬去，苍蝇也停在他鼻子上歇息。要不是那些小蚊子小蠓虫对他大发慈悲，不知道他什么时候才能够起来。那些小蠓虫在他耳朵里把小喇叭吹得震天响，小蚊子只要看到他手上脸上没有煤灰的地方就狠命咬，就这样，他终于苏醒过来，踉踉跄跄地离开了，他爬过一道矮墙，沿着一条小路向小屋走去。

小屋很整洁很漂亮，园子四周栽着一圈紫杉做篱笆墙，园子里面也有紫杉，修剪成孔雀、长喇叭、茶壶等各种造型。屋门是敞开的，里面传来嘈杂的声音，像是青蛙在用大 A 调齐鸣，表明它们知道明天是个大热天——至于它们是怎么知道的，这个我可不知道，你也不知道，也没有谁知道。

汤姆慢慢朝敞开着的屋门走去，门口种着铁线莲和蔷薇，爬满了一面墙。他不安地朝门里张望，心里有点儿害怕。

空着的壁炉里放着一盆香草，炉边坐着一位无比慈祥的老妈妈。她穿着一件红裙子，上身是一件短布衫，头上戴着一顶干净的白帽子，上面又蒙了一条黑头巾，在下巴下面系着。她脚边蹲着一只老猫，老得大概天下所有的猫都得管它叫爷爷。她对面的两条长凳上，坐着十二个或者十四个孩子，他们都很干净，小胖脸红扑扑的，原来他们正在学儿歌，怪不得声音那么大。

多么温馨的小屋呀，地上铺着锃亮的石板，墙上挂着些精美的旧画，陈旧的黑橡木壁橱里放着许多锃亮的锡器和铜盘，屋角放着一个鹧鸪钟。汤姆刚一出现，鹧鸪钟就立刻叫起来——它倒不是因为被汤姆吓的，而是那时候刚巧是十一点钟整。

那些孩子们看见又脏又黑的汤姆，都很吃惊，女孩子们开始哭起来，男孩子却哈哈大笑着，毫不客气地对他指指点点。可是汤姆太累了，他顾不得这些了。

“你是谁，你要干什么？”老妈妈大声叫道，“原来是个扫烟囱的！快走，快走，我不需要扫烟囱。”

“水……”小汤姆声音微弱地说。

“水？河里的水多的是。”她厉声说道。

“可是我走不到河边了，我又饿又渴，我快死了。”汤姆刚一说完，就在门口的台阶上昏倒了，头碰在了门柱子上。

老妈妈透过眼镜片盯着汤姆看了一分钟，两分钟，三分钟，这才犹豫地说：“他病了。扫烟囱也好，不扫烟囱也好，孩子总是孩子。”

“水！”汤姆又呻吟了一声。

“上帝宽恕我！”她急忙放下眼镜，起身走到汤姆面前，“你现在不能喝水，我去给你拿牛奶。”她蹒跚着去隔壁房间拿来一杯牛奶和一块面包。

汤姆一口气喝光了牛奶，睁开眼看了看，他苏醒过来了。

“你从哪里来？”老妈妈问。

“从山那边。”汤姆说，手指朝上指了指。

“你从霍特沃来的？你从卢斯威特岩下来的？你不是在说谎吧？”

“我为什么要说谎呢？”汤姆说着，又把头靠在门柱子上。

“你是怎么上去的呀？”

“我从霍特沃府跑过来的。”汤姆太累了，他筋疲力尽，既没有心思也来不及编谎话，就三言两语把事情经过说了一遍。

“可怜的小东西！这么说你并没有偷东西？”

“没有。”

“愿上帝保佑你！我相信你肯定没偷。只有清白无罪的孩子，上帝才会为他指引道路！逃出爵爷府，穿过霍特沃草甸，又翻过卢斯威特岩！要不是上帝指引他，谁听说过这种事情？你为什么不吃面包？”

“我吃不下。”

“面包还不错，是我自己做的。”

“我吃不下。”汤姆说，他把头靠在自己的膝盖上，又问了一句，“今天是星期日吗？”

“不是，你为什么说是星期日呢？”

“因为我听见教堂的钟声敲得像星期日的一样。”

“上帝保佑你！这孩子病了。你跟我来，我找个地方给你休息一下。你要是稍微干净一点儿，我就看在上帝的分上让你到床上去了。不过你还是到这边来吧。”

汤姆想站起来，可他又累又晕，她只好搀扶着他走。

她把他带到一间外屋，扶他躺下，那里有一堆柔软芬芳的干草和一条旧毯子，她叫他睡一觉歇歇，说过一小时放了学她再过来看他。

说完她就进屋去了，以为汤姆立刻就会沉沉睡去。

可是汤姆并没睡着。

他不但没有很快睡着，而且一直在翻来滚去，乱踢乱蹬。他觉得身上火烧火燎的，真想跳到河里去凉快凉快。后来，他迷迷糊糊地梦见自己听到一个白衣女孩冲他说："哎呀，你真脏。快去洗洗吧。"后来，他又听见那个爱尔兰姑娘说："愿意干净的人，终将干净。"后来，他又听见教堂的钟声敲得非常响亮，而且离他很近，他因此断定那天一定是星期日，虽然刚才老妈妈说不是。他想去教堂，看看教堂里面是什么样的，他还从来没进过教堂呢，可怜的家伙，他这辈子都没进去过。可是他身上全是煤灰和污垢，人家决不会让他进去的。他得先到河里去洗洗。他一遍又一遍地大声喊着："我得洗干净，我得洗干净。"只是他当时处于半睡状态，自己并不知道。

突然，他发现自己不是躺在外屋的草铺上，而是站在一片草地中央，那条小河就在他面前的小路对面。他嘴里还在不停地喊着："我得洗干净，我得洗干净。"他就这么半睡半醒地自己走了出去。许多孩子在身体不太好的时候，都会这样在睡梦中从床上爬起来，在屋子里乱走。而他自己一点儿也没觉得有什么不正常。他走到小河边，在草地上躺下，看着清澈的灰岩水，水底的鹅卵石又光又亮，银色的小鳟鱼看见汤姆的黑脸吓得四处乱窜。他把手浸在水里，觉得水是那么那么那么的清凉。他说："我要变成鱼。我要在水里游。我得洗干净，我得洗干净。"

说着，他迫不及待地脱下衣服，他是那么急切，衣服有些地方都被他扯破了，当然，他的衣服本来就旧得跟抹布似的，很容易扯破。他那滚烫而酸痛的双脚踏进了水中，接着，两条腿也在水里了。他越往深处走，脑子里的教堂钟声越响亮。

"啊，"汤姆说，"我得赶快洗干净。这会儿钟声更响了，很快就会停下来，到时候教堂的门就会关上，我就永远进不去了。"

汤姆想错了，因为英国教堂的大门在做礼拜时是一直开着的，任何人都可以进去。而且，只要他在教堂里举止得体，胆敢把他赶出去的人就会受到古老公正的英国法律的惩罚，因为他犯了把一个内心平和的人赶出圣所的罪过，而圣所是为所有人建造的。但汤姆不知道这些，还有好多大家都该知道的事情他都不知道。

他一直都没发现那个爱尔兰姑娘，这时候她已经不是跟在他身后，而是走在他前面了。

原来，在汤姆还没有走到河边的时候，那个爱尔兰姑娘就抢先走进清凉的河水里去了。她的披巾和衣裙漂走了，碧绿的水草漂过来围住了她，雪白的睡莲花漂上了她的头顶，河里的仙女全从河底浮上来，用胳膊抬着她沉到了水底下。原来她是这里的女王，或者还不止是这样。

“您去了哪里？”

“我抚平了病人的枕头，把甜蜜的梦境小声灌进他们的耳朵；我打开了小屋的窗户，把污浊的空气放出去；我规劝幼童离开水沟和臭池塘，免得染上疾病；我拦住女人走进酒馆，又把男人打老婆的拳头放下；我尽我所能去帮助那些无力自助的人。我做得微不足道，但已尽心尽力。我还给你们领来一个小兄弟，一路照应着他到了这里。”

那些仙女们听说来了个小兄弟，都高兴地笑了。

“不过，姑娘们要小心，不能让他看见你们，也不能让他知道你们在这里。他现在还是个野孩子，就像那些天生地灭的野兽一样，得等他从那些天生地灭的野兽身上悟出道理。所以你们都不能跟他玩，也不能和他说话，也不能让他看见你们，只要保护他不受到伤害就行了。”

仙女们听说并不能跟这个新来的小兄弟玩，都有些失望，但她们向来都很听话。

仙女之王又顺着小河漂走了，从哪里来，回哪里去。当然，这一切汤姆全没有看见，也没有听见。不过，即使他看见或者听见了，这故事恐怕也没什么两样，因为他那时那么热那么渴又那么想把自己洗干净，所以一到河边就迫不及待地跳进清凉的河水里去了。

他到水里不到两分钟就睡着了，他这辈子都不曾睡得这么安静、这么甜美、这么惬意过。他梦见了上午走过的那片绿草地，还有那棵高大的榆树、睡着的牛，后来，梦里就什么也没有了。

他之所以能够睡得这么甜美，原因很简单，只是没有人知道罢了。其实，只是那些仙女把他收留了。

有些人认为根本不存在什么仙女。克拉姆切特大叔就是这么跟小孩子讲的。或许，在他长大的美国波士顿的确没有仙女吧。他们那里只有愚笨的精英，说话的时候非得敲着桌子才有人听，不过他们就是靠那样活着的，大概那也是他们想要的。安吉特大婶也在辩论政治经济学时声称不存在仙女。或许，在她的政治经济学里的确不存在仙女。但世界是很大的，孩子们，感谢上帝吧，因为，虽然我们有的人会夹在幻想和理论中间几乎被挤扁，但对仙女来说，那空间已经足够，只是人们看不到她们。当然了，除非从恰当的位置去看她们，那就另当别论。要知道，世界上最妙最强大的恰恰就是没有人看得见的东西。人是有生命的，正是因为有生命，你才能成长、行动和思考，但生命是看不见的。还有，蒸汽机里有蒸汽，正是因为有蒸汽，机器才能运转，但机器里的蒸汽也是看不见的。所以，很可能世界上是有仙女的，也许正是因为有仙女，这世界才应了那句古老的歌谣："是谁在拨动世界转动，那就是爱啊，爱——爱——"但只有心中萦绕着这古老的曲调的人才能看到她们。不管怎样，我们就假装世界上有仙女吧。反正我们不得不假装的事情也不止这一件。不过，话又说回来，其实也不用假装，仙女是必须存在的，因为这是个童话故事，要是没有仙女，还怎么编童话故事呢？

你没看出这其中的逻辑？或许你看不出。那就算了，你也不必去弄明白，因为人们对类似的问题总是争论不休，直到你长出白胡子都听不完。

那天十二点放学之后，那位好心的老妈妈就进去看望汤姆，却发现汤姆不见了。她想循着他的脚印去找，可是地面那么硬，根本没留下一点儿印迹，就像北德文郡的人们说的那样。如果你长大后成了一个健康勇敢的人，或许有一天你会明白印迹意味着什么——钝爪子留下的一道宽宽的印迹，会让看见它的男人熄灭雪茄、牙关紧咬、勒紧腰带。而如果一个人有印，那就意味着他拥有这样的权力：山河、文件、见解，还可以让老好人波尔克科林斯先生带你去看哈登森林和康蒂斯伯里悬崖之间的美景，要是你摔断了骨头也会很快给你接好。只是在那好日子到来的时候，你千万别弄断自己的脖子。我相信你不用担心会陷入那种境地，因为你是靠着石南地里的庄稼长大的。

老妈妈没找到汤姆，又气呼呼地回屋去了，以为汤姆说假话骗她，先假装生病，然后又跑掉了。

不过到了第二天她就不这么认为了。

原来，约翰爵爷带着那群人追得气喘吁吁，最终还是没有追上汤姆，便打道回府了，那情形真是滑稽。后来约翰爵爷问了老保姆一番话，他们的样子就更加滑稽了。还有更滑稽的呢，后来，爱丽小姐，就是那个穿白衣服的小姑娘，把事情原委讲了一遍。她说，她只是看见一个漆黑的扫烟囱小孩，抽抽噎噎地哭着正打算回到烟囱里去。当然，她被吓坏了——这是理所当然的。仅此而已。那孩子并没有拿房间里的任何东西，这从那孩子沾满煤灰的脚印可以看出来，那孩子在老保姆抓住他之前，根本没有离开炉毯。这完全是个误会。

于是约翰爵爷就叫格莱姆斯回家去，答应他只要他把那孩子带回来，就付他五个先令，绝不打那孩子，只是让那孩子来做个实证。因为约翰爵爷和格莱姆斯都以为，汤姆跑回家去了。

可是那天晚上汤姆并没有回到格莱姆斯先生家里。于是格莱姆斯就去了趟警察局，请他们留心汤姆的下落。但汤姆消失得无影无踪。至于汤姆已经翻过大山跑到了文达尔那边，那就跟汤姆跑到月亮上去一样，是他们做梦也想不到的。

第二天，格莱姆斯先生哭丧着脸来到霍特沃府。可是等他到了那里，约翰爵爷早就上山去了，已经走出很远了。格莱姆斯只好在佣人房里坐着等了整整一天，免不了又是一番借酒消愁。等到约翰爵爷回来的时候，他的忧愁果然已经烟消云散了。

原来，仁慈的约翰爵爷那天一晚上都没睡好。他跟妻子说："亲爱的，那孩子一定是跑进草甸里迷了路。这可怜的孩子，他让我的良心非常不安。不过，我知道我该怎么办。"

就这样，第二天早上五点钟他就起来了，他洗了个澡，穿上猎装，扣上绑腿套，去了马厩。和大多数英国老绅士一样，他的脸颊红红的，手像桌子一样硬，脊背宽得像公牛。他命令马夫把他打猎骑的马备好，守门人跟在他的马后面，跟在后面的还有猎犬管理人、马车夫、马车夫副手，副手用皮带牵着血迹犬——那是一种体形大得像头小牛一样的猎犬，栗色的皮毛，赤褐色的耳朵和鼻子，吼叫声像教堂的钟声一样浑厚响亮。那些人先把猎狗牵到汤姆逃进树林的地点，猎狗狂吠了几声，表示它已经知道了猎物的气味。

猎狗随后把他们引到汤姆翻墙而过的地方。他们把墙推倒，一拥而过。

那只聪明的猎狗又带着他们走进草甸，它一步一步地，走得非常慢，因为时间已经过去了一整天，加上天气热，气味散发得快，已经不大容易闻得出了。老约翰爵爷也预料到了这一点，所以一大早五点钟就出发了。

等到那狗走到卢斯威特岩的顶上时，又开始叫起来，它看着大家的脸，意思是说："我告诉你们，他从这儿下去了！"

汤姆能走出这么远已经让那些人难以置信了，现在他们看着这断崖绝壁，更加无法相信汤姆敢从这儿下去。但是既然狗认定是这么回事，那就一定是这样的。

"上帝饶恕我们啊！"约翰爵爷说，"就算我们能找到他，肯定也只能看到他正在下面躺着了。"

他那铁耙一样的手一拍大腿，说："谁爬到卢斯威特岩下面，去看看那个孩子是否还活着？唉，要是我再年轻二十岁，我就自己下去了！"二十年前他真会那么干的，只要那里有烟囱可扫。

说完，他又加了一句："谁能把那孩子活着找回来，我赏他二十镑！"按照他一贯的作风，他可是说到做到的。

这群人当中有一个小马夫，他可真是个相当小的小马夫，那天骑着马到汤姆住的院子里，让汤姆到霍特沃府去的那个小马夫就是他。他说：“就是没有二十镑，为了那个可怜的孩子，我也得爬下卢思威特岩去。因为那孩子说话彬彬有礼，扫烟囱的孩子从来没有像他那么有礼貌。”

于是他就从卢斯威特岩爬下去了。在岩顶时他还是个穿得整整齐齐神气活现的小马夫，到了岩壁底下，他就变成衣衫褴褛的可怜虫了。他的绑腿磨烂了，马裤也磨烂了，小褂也磨烂了，背带也挣断了，皮鞋也裂开了，帽子也弄丢了。最糟糕的是，他把衬衫上的一根别针也丢了，那可是他特别珍贵的东西，因为那别针可是金的，是他在莫尔顿抽彩赢来的。别针上的小造型是匹奥尔德母马，那是古老高贵的比温斯马，雕饰得栩栩如生。所以，他的损失是巨大的，而他却连汤姆的一点儿影子都没找到。

小马夫攀下悬崖的时候，约翰爵爷带着其他人绕路去了，他们先往右走了足有三英里，然后又掉头往回走到文达尔，来到了绝壁岩下面。

他们走到老妈妈的学校时，孩子们全都跑了出来看他们。老妈妈也出来了，她见到约翰爵爷，深深地行了个屈膝礼，原来她是约翰爵爷的租客。

“怎么样，老太太，你好吗？”约翰爵爷说。

“愿上帝赐您洪福，霍特沃老爷。”她说——她从来不叫他约翰爵爷，只叫他霍特沃老爷，这是北方地区的习惯——“欢迎您光临文达尔。这个季节，您不会是来找狐狸的吧？”

“我是来找点儿什么的，但不是狐狸。”他说。

“上帝保佑您，好心的老爷，这是怎么了？您今天看起来愁容满面的。”

“我在找一个走丢的小孩，一个扫烟囱的，逃出来了。”

“噢，霍特沃老爷，霍特沃老爷，”她连忙说，“您一向仁慈大量，要是我把这孩子的下落告诉您，您不会伤害这可怜的孩子吧？”

“不会的，不会的，老太太。我们闹了场误会，把他从家里追出来了，是这只猎狗循着他的踪迹一直追到了卢斯威特岩上，所以……”

听到这里，老妈妈打断他的话，脱口说道："这么说，他跟我说的话都是真的，可怜的孩子！"她把她知道的事情原原本本对约翰爵爷说了一遍。

"把狗牵过来，放它去找。"约翰爵爷只简单地吩咐了这一句，便紧闭了嘴不再说什么。

猎狗立刻被放开，他们跟着它从屋子后面跑出去，穿过那条路，穿过草地，又穿过一片桤树林。在一棵桤木树桩上，他们找到了汤姆的衣服。到底发生了什么，他们这下全明白了。

汤姆到底怎么样了呢？

现在要讲到这个离奇的故事里最离奇的部分了。汤姆嘛，一觉醒来之后——他当然会醒，小孩子睡足之后，总是要醒来的嘛——发现自己在河里游着，身体变得只有四英寸长，准确地说，只有三点八七九零二英寸长，而且喉咙两边长出了一对外腮（但愿这些专业的名词你都懂），就像娃娃鱼的鳃一样，一开始他以为是条蕾丝布条，扯了扯觉得很疼，才明白那是他身体上长出来的，最好还是不要管它了。

实际上，仙女已经把他变成水孩子了。

什么！水孩子？你从来没听说过水孩子是吗？你很可能没有听说过，所以我才要写这本书嘛。这世界上有很多你没听说过的事情，还有很多从来没有人听说过的事情，还有很多永远都不会有人听说的事情，除非有一天真的到了灵人时代，人类成了万物的主宰。

“根本没有水孩子这种事。”

你怎么知道就没有呢？你去那里看过吗？而且即使你去那里看过，即使你确实没有看到，那也不能证明就没有啊。如果加斯先生在埃弗斯利森林里找不到狐狸（有时候人们觉得他永远都不会找到），那也不能证明世界上不存在狐狸。我们所知道的水相比于全世界的水，就跟埃弗斯利森林相比于全英国的森林是一个道理。所以，不能因为没有人见过水孩子，就可以说水孩子不存在。有没有和见没见过完全是两码事。再说，以前没有人见过的事情，说不定以后就会有人见到呀。

“如果确实有水孩子，那么至少也会有人抓住一个吧？”

可你又怎么能确定没有人抓住过呢？

“如果有人抓住，一定会把它用酒精泡起来，或者发布新闻，或者把那可怜的小东西切成两半，一半送到欧文教授那里，一半送到赫胥黎教授那里，听听他们对这东西有什么见解。”

噢，天真的孩子！完全不会是那样的，看了这个故事你们就知道了。

“但水孩子不符合自然规律啊！”

就算真是这样，天真的孩子们！你们长大以后一定要学会，谈论这类事情的时候不能这么说。你们谈论身边这个神秘莫测的世界的时候一定不要说“不是”“不会”这种词，那种事情，即使最有智慧的人也只是知道一星半点儿，连伟大的艾萨克·牛顿爵士都说，他不过是个在浩瀚的大海边拾贝壳的孩子罢了。

你千万别说“这是不可能的”或者“那是不符合自然规律的”，你不知道大自然到底是什么样子，也不知道它会怎样。没有人完全知道。即使那些有教养的孩子被教导应该敬仰的大人物，比如罗德里克·莫奇逊爵士、欧文教授、赛其维克教授、赫胥黎教授、达尔文先生、法拉第教授、格鲁弗先生，等等，他们也不知道。他们可都是顶顶有智慧的人，他们说的所有话，你都要洗耳恭听。但即使是这样的人说（他们一定不会这么说的）:“那不可能存在，那不符合自然规律。”你们也要再等等看。因为，即使他们，也有可能会说错。读过安特·艾吉泰特的辩论或者库辛·克莱姆切尔德谈话的孩子，或者去听过热门课程的孩子，看到过有人指着墙上几张难看的大幅图画，或者花上一两个小时用瓶子或喷枪弄出的难闻的气味，把那称作解剖或化学，那些人才会说“不可能存在”或“违背自然规律”。真正有智慧的人都不说什么事情是违背自然规律的，除非违背的是数学计算规律，比如:二加二不能等于五，两条直线不可能有两次相交，部分一定不会大于整体，等等（至少就目前所知是这样的）。不过，越是有智慧的人，越不轻易说“不可能”。“不可能”是个很轻率、很危险的词语，如果人们使用这种词过于频繁，仙女之王就会使出手段，让乌云发出雷鸣，让跳蚤去咬人，制造一个又一个麻烦，向人们展示她的神威，让人恐怖。她的神威其实不止这些，不管人们是否承认。

事实上，世界上有太多的事情，只要不是我们日常所见的，我们往往就会断定它们不符合自然规律。如果人们没有见过小小的种子长成各种各样的参天大树，这些大树又结出新的种子，长成新的树，他们就会说："这不可能，这违背自然规律。"他们说这种话时斩钉截铁，说别的很多事情不可能的时候也同样如此。

再设想一下，假如你是杜夏于先生那样的旅行家，来自一个不为人知的地方。再假设人类从来没有见过，也没有听说过大象，而你想给人们讲讲大象。你说："这是那种动物的外形，这是它的平面图和解剖图，它的脚、它的鼻子、它的臼齿、它的象牙——所谓象牙，其实就是两颗长得特别大的上牙；这是它的头骨断面图，看起来像个蘑菇，不像某种高智商甚至也不像低智商动物该有的头骨，而是像个蘑菇……虽然这种动物（我真的见过并且杀死过）的第一代近亲是圣经所说的那种长毛兔，第二代近亲是猪，第十三或十四代近亲（据我猜测）才是我们见到的兔子，不过呢，它是所有动物中智力水平最高的，除了读写和算账以外什么都会做。"那么人们就会说："一派胡言。你说的大象违背自然规律。"人们会以为你在编故事——当年勒·瓦扬回到巴黎，说他射杀了一头长颈鹿的时候，那些法国人也认为他在胡说八道。食人岛的首领听到英国水手说，在他的国家里水可以变成大理石，下雨就像落羽毛一样，他也认为那个英国水手是胡说八道。他们会跟你说，要论科学知识，他们可比你懂得多，“你说的大象那种怪物是不可能存在的，根据现有的知识已足以判断，那是违背比较解剖学原理的。”对于这些质疑，你回答得越少，就会思考得越多。

即使那些博学的人，难道不也是到了最近这二十五年，才不再认为会飞的龙是不可能存在的怪物吗？难道我们不知道它们的化石早已在全球各地被找到几百具了吗？人们管它们叫翼手龙，但那只是因为他们一直否认有飞龙存在，所以不好意思称之为飞龙。

事实上，那些人认为这样那样的事情不可能，只是因为他们没见过，他们的想象力实在并不比野蛮人高明，野蛮人想象不出会有火车这样的东西，也只是因为他们在森林里从来没有见过跑得那么快的东西。有智慧的人明白，他们的任务是研究存在的事物，而不是下结论什么不存在。

他们知道大象是存在的，他们知道曾经有过飞龙。

越是有智慧的人，越不肯断言根本不存在水孩子。

真的没有水孩子吗？怎么可能，前辈智者说过，陆地上所有的东西，水里都有。你会明白，即使这话不全是真的，其真实程度也绝不亚于你常常听到的那些理论。陆地上是有小孩子的，那为什么不会有水孩子呢？难道水里不是真的有水耗子、水苍蝇、水蟋蟀、水蟹、水龟、水蝎、水虎水猪、水狗水猫、水狮水熊、水马水象、水鼠水胆、水刀水笔、水梳水扇吗？还有植物，难道不是也有水草、水毛茛、水耆草，等等吗？举不胜举。

也许有人反驳说："但这些东西都只是给它们取那样的名字罢了，水里的东西未必和陆地上的是对应的同类。"

这样说也不全对。有几百万种情况下，它们不但来自同一家族，事实上还可能是同一个生命。难道你不知道，蜉蝣、泥蛉、蜻蜓在蜕皮之前，都是在水里慢慢长大的，这不是和汤姆变成水孩子一样吗？既然水生动物能够慢慢变成陆地动物，陆地动物为什么不可能变成水生动物呢？不要被库辛·克莱姆切尔德的言论吓住，要像个男子汉那样据理力争（当然，态度要恭敬）——

如果克莱姆切尔德说：如果存在水孩子，那水孩子就一定会变成水人呀。那么请问他，他怎么知道一定会变成水人呢？他怎么知道他们不会像阿德尔斯伯格洞穴里善变的普罗透斯[①]水神一样，变成一只蝾螈呢？

如果他说一个陆地孩子变成一个水孩子太不可思议，那就问问他有没有听说过裂虫、硅藻或者海蜇的变化。关于这一点，奎特菲吉斯先生说得好——“如果一个人在他的鸡舍里看到从母鸡下的蛋里孵出一条爬虫，这条爬虫又立即生出了数不清的鱼和鸟，谁会不大声惊呼出了怪事呢？但是，海蜇的生长繁殖恰恰就是这么神奇。”问问他知不知道这些，如果他不知道，那就让他亲自去看一看，并建议他（当然，态度要恭敬）不要因为某些事日常看不到，就轻易下结论说那些事情不可能。

如果他说生物不可能退化，也就是说，不可能向更低等的形态变化，那么请问他，是谁告诉他水孩子比陆地孩子低等？而且就算是这样，请问他是否知道附着在船底的狗爪螺就是这样一种退化的物种？还有它们那

① 希腊神话中的一个早期海神。

些更难看的亲戚，更是退化得令人惊讶而为人所不齿？

还有，如果他说（他很可能会这样说）这类转变只会在低等生物当中发生，而高等生物是不会发生这种转变的，说这种事情在小孩子和部分成年人看来，是匪夷所思的，那么，如果低等动物的变化非常奇妙、难以觉察，那么高等动物的变化不会更奇妙、更难以觉察吗？难道作为万物之冠万物之花的人类，不是更应该发生比其他生物更奇妙的变化，就像万国工业博览会比兔子洞更壮观吗？请他来解释一下这个问题吧。如果他说（他很可能会这样说），以他的经历，他从来没有见过这种变化，因此他是不会相信的。那么恭敬地问问他，他的显微镜都用到哪儿去了？我们每个人来到这个世界上所要经历的变化，难道不是和海蛋、蝴蝶的变化一样神奇吗？推理、分析和圣经不是都告诉我们，转变的进程并没有结束吗？虽然不知道我们将来会变成什么样子，但一定和毛毛虫一样，将来会变成美丽的飞蝶。就连古希腊的异教徒们，都早在两千年前就看清了这一点。如果库辛·克莱姆切尔德连他们都不如，那我就不在乎他怎么说了。就这样一直问下去，一直问下去，直到问得他自相矛盾无言对答。然后告诉他，即使他没有见过水孩子，那也至少应该会有。让他知道，他对此事是无法解释的。

同时呢，亲爱的孩子，除非你懂得比欧文教授和赫胥黎教授两个加起来还多，否则别跟我说什么事情不可能，或者以为有些事情太离奇不可能是真的。老戴维说："我们受造奇妙可畏。"我们的确是这样。周围的一切也都是这样，甚至这个枞木桌子也是如此。是的，这个桌子受造尤其奇妙可畏，你看它现在站在这儿，不过是块没有生命的木头，但就像狐狸所说、鹅所知道的那样，神灵可以让它跳起来，也可以敲着它跟你说话。

我说的是真的？哦，并不是！你知道这只是个童话故事，是为了好玩瞎编的，而且，即使这故事是真的，你也不会相信，对吧？

不管怎么说吧，反正这事就让汤姆给碰上了。这就让看守人、马夫和约翰爵爷犯了个大错误——他们看见水里有一团黑东西，说那就是汤姆的尸体，说汤姆已经淹死了。他们都感到非常难过（至少约翰爵爷是这样）。其实他们哪里知道，汤姆活得好好的，而且比以前任何时候都干净、都快乐。那些仙女在急流里把他洗得那么干净，不但把汤姆身上的污垢洗掉了，而且把他的躯壳都洗掉了，躯壳下柔弱的真汤姆游走了，就像即将破壳的若虫，背着躯壳，游向岸边，在河边破茧而出，长出两对褐色的翅膀、细长的腿和触角，变成蜉蝣飞走了。可惜那些蜉蝣都太傻，当夜晚来临，只要有开着的门，它们看到烛光就会扑过去。现在汤姆也已经平平安安地蜕掉了他那积满煤灰的外壳，希望他不像蜉蝣那么傻。

可是约翰爵爷又不是林奈学会[①]的会员，他哪里懂得这些呢？他丝毫没有怀疑汤姆已经死了。他们查看了汤姆躯壳上的衣服口袋，发现里面既没有什么宝贝，也没有钱，只有三个玻璃球和一个带着根细线的铜纽扣。约翰爵爷的样子似乎要哭了，他实在过于自责了。最后，约翰爵爷终于还是哭了出来，于是，小马夫、猎手、农舍的老妈妈也都跟着哭了，老保姆也哭了（因为这件事到底是因她而起的），爵爷太太也哭了，毕竟有假发的人未必没有真心。而那个守门人，虽然头天早上他还对

① 林奈，瑞典生物学家。1788年伦敦成立林奈学会，以纪念他所做出的贡献。

汤姆温情有加，这会儿却没有哭，因为追赶偷猎者已经把他耗干了，要想让他流眼泪并不比从牛皮里挤出奶来更容易。

格莱姆斯也没有哭，因为约翰爵爷给了他十镑钱，他拿去喝了一个星期的酒。

约翰爵爷派人四处去寻找汤姆的父母，但他恐怕直到世界末日也找不到了，因为汤姆的父母一个去了天堂，一个去了博特尼湾。

而那个小姑娘爱丽整整一个星期都没有和她的布娃娃玩，因为她无法忘掉可怜的汤姆。过了不久，在文达尔公墓里（所有的文达尔老居民全都挨挨挤挤地长眠在那片岩石间的空地上），爵爷太太在埋葬汤姆躯壳的地方为他立了个墓碑。那个老妈妈每个星期天都去给汤姆的墓碑上挂个花环，等到她老得走不到那儿了，那些孩子们就替她去。而且她坐在那里做她所谓的礼服的时候，她总是唱着一首非常古老的歌。孩子们都听不懂，但这一点儿也不影响他们对这首歌的喜爱，因为这首歌听起来忧伤凄美，对他们来说这就够了。歌词是这样的：

当你的世界满是青春洋溢，
树叶儿全是苍翠欲滴，
当丑小鸭也能变天鹅，
灰姑娘都被王子迎娶，
孩子啊，
你要穿上马靴，骑上高头大马，
去世界各地周游。
你的热血定有处挥洒，
毕竟凡人皆有得意时。

当你的世界日渐衰老，
万树都已泛黄；
当所有游戏都变得乏味，
车轮也破旧得踉踉跄跄。
孩子啊，
你要赶快回家，找个安身之处，
那里才是你的归宿。
老天会让你找到一张脸，
那正是你当年所爱。

这就是那首歌的歌词，但它不过是那首歌的躯壳——歌的灵魂是老妈妈唱歌时脸上的慈祥、声音里的柔情，以及她举止间的气度；还有，还有……啊，有谁能用笔墨描述得出来呢！后来，老妈妈变得完全无法行动了，天使们只好来把她带走：她们帮老妈妈穿上她的礼服，带着她飞过霍特沃草甸，飞了很远很远。之后文达尔又来了一位新的教师，但愿她拥有的不只是教师资格证。

而此时，汤姆一直都在河里游着，脖子上长着花边领似的鳃，他像鳗鱼般活泼，像初生的鲑鱼般干净。

好了，如果你不喜欢我的故事，那就回到教室去学乘法表吧，看看是不是那些更让你喜欢。当然，总有那种人的。对别人来说不好的东西，对我们来说也许是极好的。不是有这样的说法吗？正是因为存在诸多不同，才有了多姿多彩的世界。

# 第三章

汤姆现在完全是两栖的了。你没听懂这是什么意思？那么，你最好去离你最近的学校找个老师问问，他大概会这样清清楚楚地告诉你：

“两栖是个形容词，来自古希腊语中分别表示‘鱼’和‘兽’的两个词根，我们的祖先以为它们是半鱼半兽的东西，所以就像河马那样，不能生活在陆地上，只能老死在水里。”

不管那到底是什么意思，反正汤姆现在是两栖的了。更可喜的是他现在很干净。他有生以来第一次觉得，身上除了自己什么都没有是多么舒服。不过，他只是在享受这种状态，自己并没有意识到这一点，也没有想过这一点。就像人们享受美好的生命和健康的身体时，从来不会想到生命和健康问题，可能很久以后才不得不面对这个问题。

他不记得自己以前曾经很肮脏。事实上，过去那些苦恼、劳累、饥饿、挨打，或者被迫去爬漆黑的烟囱，他全都不记得了。从那一次沉睡之后，他就忘记了师傅，忘记了霍特沃府，忘记了那个白衣小姑娘，总之，他以前生命中所发生的所有事情，他全都不记得了。尤其可喜的是，他忘记了从格莱姆斯那里学来的所有脏话，也忘记了以前和他一起玩耍的那些粗野孩子。

这一点儿也不奇怪，因为大家都知道，人们刚来到这个世界上成为一个陆地孩子的时候，也是什么都不记得的，所以当汤姆变作一个水孩子时，他又怎么会记得以前的事情呢？

这样说来，人到底有没有前世呢？

这种事，谁说的准呢？只有记得前世发生的事情，才能说得出来。既然我们对前世的事情都不记得，都不知道，那就没有哪本书，也没有哪个人能够给我们说个明白。

从前有个智者，是个非常有智慧又非常善良的人，他曾经用一首诗描写了有前世的孩子是什么感觉，那首诗是这样写的：

我们的诞生，

不过是一场睡眠和遗忘。

灵魂随我们一起飞升，

生命之星在别处降落。

并非彻底忘却，

也非完全赤裸。

我们从上帝那里来，

带着荣耀的余晖。

你看，所能知道的就只有这些。不过如果我是你，我会相信。因为这样的话，那个了不起的科学仙女（很可能未来好多年内她都是众仙之王）就只会对你有利，不会对你有害。你就不会像有些人那样，认为是身体产生了灵魂，就像蒸汽机自动产生焦炭；也不会像另一些人那样，认为灵魂和身体毫无关系，它只是附着在身体里，就像针扎在针垫上，摇一摇就会掉下来。你会相信这个精彩童话故事的意义，它既正统又具归纳性，既合理又有发散性，既富有哲理又独具魅力，既合逻辑又富于想象，既不容置疑又大有裨益，既合名义又叫人舒适，它逼真且完全可以接受，这个理念就是：是你的灵魂创造了身体，正如蜗牛生出了外壳。至于别的，我们只要坚信，无论我们是否有前世，我们都将有来世。只是我希望千万别像没有信仰的汤姆那样，因为他是堕落到了水里。而我们，我希望会去上面的某个地方。

不过，汤姆在水里倒是过得很快乐。他在陆地上悲惨地干了太多活儿，现在终于得到补偿，他在水界里过了很长很长一段只有假期的日子。他现在什么也不用干，可以尽情享受生活，观赏凉爽的水界那些美丽的景致，那里的太阳永远不会那么热，冬天也永远不会太冷。

他吃什么活着呀？也许是吃水芹吧，或者水粥水奶之类的。许多陆地上的孩子也是吃这些东西活命的。但是水里的生物吃些什么东西，我们知道的连十分之一都不到，所以没法替水孩子回答。

汤姆有时候沿着水底平坦的卵石走，边走边看蟋蟀在石头中间钻进钻出，就像陆地上的兔子钻进钻出一样；有时候他会爬上礁石去看鹬鸟，它们成千上万地挤在一起，一个个露着漂亮的小脑袋和细长的腿；有时候他会找个角落，静静地看那些石蛾贪婪地啃食枯枝，就像你吃梅子布丁一样，还看它们吐丝做窝，它们可真是想象力丰富的太太小姐，谁也不肯每天只用同一种材料，有的先用小石子儿，然后再粘上一片绿的茎叶，后来它看到一个贝，也把它粘上去。其实，那只可怜的贝是活的，当然很不愿意被人家用来垒窝。但石蛾就像那些自命不凡的人一样，又粗暴又自私，根本不容它们对此表示抗议。后来它又粘上一片朽木，然后又加上一粒漂亮的粉石子，就这样加来加去，直弄得它的小窝就像爱尔兰人的衣服一样花花绿绿的。

后来它找到一根稻草，差不多有它的身体五倍长。它兴奋地说:“哈！我姐姐有条尾巴，这下我也有一条了。”它把稻草粘到脊背上，大摇大摆地走来走去，虽然很不方便，但它觉得自己很神气。从那以后，尾巴就在那座池塘的石蛾若虫中流行起来了，头年五月的时候，在长池就这样流行过，那些石蛾身后全都拖着长长的稻草，走起路来跌跌撞撞，不是这个的稻草绊倒了那个的腿，就是那个的稻草绊倒了这个的腿。那场面非常滑稽，汤姆看了笑得眼泪都出来了（他跟我们一样）。不过，它们的做法也无可厚非，因为人们总是喜欢赶时髦，即使把帽子做得像个饭勺，也会流行一阵子。

有时候汤姆会游到又深又静的地方去看水森林。在你看来也许那不过是些水草，不过你要记得，现在汤姆眼里看到的任何东西都要比你看到的大一百倍，就像小鲦鱼看到的一样，要知道，小鲦鱼能看见也能捉到的水生物，你得用显微镜才能看得到。

在水森林里，汤姆看到了水猴子和水松鼠（它们全长着六条腿，除了蝾螈和水孩子，水里的动物几乎全是六条腿的），它们在树枝间辗转腾挪，非常敏捷。水森林里还长着数不清的水花，汤姆想去摘一些，可是手一碰那些花就立即缩成一团，汤姆这才发现，原来那些花儿全都是活的，有的像钟，有的像星星，有的像轮子，有的像花，各式各样，色彩缤纷，它们和汤姆一样，都会活动，忙忙碌碌。他这才发现，这个世界里的生命比他一开始想的多得多。

那里还有一个神奇的小家伙，躲在一个砖墙做的房子顶上探头探脑地向外张望着。它有两个大轮子，上面一颗挨一颗长着牙齿，两个轮子就像打谷机的轮子一样，不停地转啊转。汤姆停下来看着它，想看看它这装备是干什么用的。你猜它在做什么？原来是在做砖头。它用那两个大轮子把水里漂浮着的泥巴收集在一起，先把好的挑出来吞到肚子里吃掉，再把泥巴装到胸前的小轮子里（其实那是个带齿的小圆口），转啊转啊就做出了一个圆滚滚的砖，然后它就把那块砖放在它小屋的围墙上，再接着去做下一块。看，它是个很聪明的小家伙吧？

汤姆也觉得那小家伙很聪明，想和它说说话，可是那个做砖的小家伙太忙了，而且非常醉心于自己的工作，根本就没有注意到汤姆。

你要知道，水里的东西全都会说话，只是它们说的语言和我们说的不一样，就像马啊、狗啊、牛啊、鸟啊一样，各有各的语言。汤姆很快就学会了它们的语言，要是他是个好孩子的话，他会交到很多好朋友。可惜的是，他跟别的男孩子一样，都喜欢追逐和虐待动物取乐。有人说，小孩子总是忍不住会那样做，这是天性，也证明了我们都是从猎食动物进化而来的。可是不管这是不是天性，小孩子其实是可以忍得住不那么做的，也是必须要忍住的。因为即使他们像猴子一样天生淘气、顽劣、喜欢恶作剧，也没有理由放任自己像猴子那样肆意妄为，因为毕竟猴子不具有明辨是非的能力。所以小孩子们一定不能虐待动物，如果虐待的话，就会有个老太太来惩罚他们，让他们吃够苦头。

可是汤姆不知道这个道理。他总爱用石子把水里的小动物扔得四散奔逃，大家全都怕他，一见到他就要么躲开，要么钻进壳里去，所以既没有人和他说话，也没有人和他一起玩耍。

水里的仙女们看到汤姆那么孤独都为他感到难过，她们真想走到他面前，告诉他那样做太顽皮，教给他待人要友善，她们也想陪他一起游戏玩耍，可是她们要谨遵戒令，不能那么做。汤姆只能通过自己的惨痛教训慢慢学习、慢慢领悟，就像那些傻傻的人一样，虽然身边随时都不乏想帮助他们的人，愿意教给他们一切，但他们只能靠自己慢慢去学。

后来有一天，汤姆发现了一条石蚕，他想让它从它的房子里出来，可它关着门。汤姆还从来没有见过关着门的石蚕，所以这个爱管闲事的小家伙觉得他一定得把那个门打开，看看它在里面做什么，于是把它的门给拽开了。他可真粗鄙！要是有人突然砸开你卧室的门进来看看你在干吗，你会是什么感觉？但汤姆就那么粗鲁地把那个镶满亮闪闪小水晶的丝格小门捅了个稀巴烂。他朝里面一看，那只石蚕伸出了小脑袋，那小脑袋已经变得很像小鸟的脑袋了。汤姆和它说话，可是它无法回答，因为它的嘴和脸正紧紧地裹在崭新的粉色皮质睡帽里。不过，虽然它开不了口，但其他的石蚕都像《蓬头彼得》里面的猫似的，举着胳膊厉声对他嚷嚷起来："你这个可恶的讨厌鬼！又来做坏事！它刚要开始休眠半个月呢，那样它就可以变出漂亮的翅膀，飞来飞去，产下很多卵。这下可好，你弄破了它的门，它现在又没法修补，因为它的嘴得那么裹半个月，现在它只有死路一条了。谁叫你到这儿来破坏我们的生活的？"

汤姆灰溜溜地游走了。他感到很羞愧，但仍然不忘淘气。所有男孩都一样，做了错事，却不肯承认。

他游到一个池塘，那里有很多小鳟鱼，他又开始折磨这些小鳟鱼了。他想捉住小鳟鱼，可是它们从他的指缝间溜了出去，吓得直往水外跳。汤姆去追它们，追到一棵大桤树根下的一个大黑树洞跟前时，里面突然游出来一条比他大十倍的棕色老鳟鱼，贴着他的身边蹿了过去，差点儿把他撞晕。也不知道他们俩是谁吓到了谁。

他越来越沮丧，越来越孤独了，当然了，这是他咎由自取。在河堤底下的某个地方，他看到了一个脏兮兮的丑东西，有他一半那么大，身上长着六条腿，肚子很大，极其丑陋的大脑袋上有两只大眼睛，长着一张酷似驴的脸。

“哈，”汤姆说，“你长得可真难看！”他冲它做着鬼脸，还把鼻子凑过去冲它大声吼叫，一副野孩子的模样。

突然，那家伙的驴脸一下子不见了，它伸出一个顶端带钳子的长臂，一下子夹住了汤姆的鼻子。它并没有伤着他，但夹得很紧。

“呀，啊！噢，放开我！”汤姆叫道。

“那你也要放过我，”那个小家伙说，“我想安静一会儿。我要蜕变了。”

汤姆说保证不再打扰它，它便松开了汤姆。

“你为什么要蜕变？”汤姆问。

“因为我的哥哥姐姐都蜕变了，它们都变成有翅膀的漂亮蛾子，所以我也想蜕变。不要和我说话了。我相信我也会蜕变的，我马上就要变了！”

汤姆站在那儿静静地看着那个小东西。它的身体膨胀起来，把自己往体壳的外面顶着、撑着，终于——咔、嚓、噗——它的整个后背都裂开了，接着又裂到了头部。

它从裂开的躯壳里钻了出来，它是那么纤弱，那么优雅，那么柔弱的小东西，和汤姆一样浑身柔滑，只是体色很苍白很虚弱，就跟生病的孩子在黑屋子里关了太久似的。它无力地移动着腿脚，羞怯地四下环顾，就像一个第一次踏进舞厅的女孩子。然后，它开始顺着一根伸出水面的草茎往上爬去。

汤姆看着这情景，惊讶得话都说不出来了。他也跟着浮上水面，想看看接下来会怎样。

当那个小东西走到了温暖的阳光下时，神奇的变化发生了——那小东西强壮坚硬起来，身上也色彩斑斓起来，蓝色、黄色、黑色交织着，还有斑点、条纹和圆圈。它的背上长出了两对轻盈的褐色大翅膀，它的眼睛那么大，几乎占满了整个脑袋，亮闪闪的就像一万颗钻石在闪耀。

“啊，你真漂亮啊！”汤姆说着，伸出手想捉住它。

可那个小东西飞到了空中，在空中定住翅膀停留了一会儿，又落到了汤姆身边，一点儿也不害怕他。

“甭想！”它说道，“现在你捉不到我了，我现在变成了蜻蜓，是飞虫之王。我要在阳光下飞舞，在河流上空盘旋，我要捕食蚊虫，还要娶一个和我一样漂亮的妻子。我知道自己要做些什么。哈哈哈哈！”于是它飞到空中捉蚊子去了。

“嘿！回来，回来，”汤姆喊着，“漂亮的小东西。没有谁和我一起玩，我在这里很孤单。只要你肯回来，我再也不会捉你了。”

“我才不在乎你捉不捉，”蜻蜓说，“反正你也捉不到我。不过等我吃过晚饭，再看看这附近美丽的风景，我就回来，把我看到的情形给你说说。天哪，这棵树怎么这么大，树上的叶子也真大呀！”

其实，蜻蜓说的那棵大树只是一棵酸模。要知道，蜻蜓之前所见的植物，无非是些矮小的水树、紫萱、耆草、水毛茛之类的，所以一棵酸模在它看来是非常大的。此外，它跟所有的蜻蜓类都一样，眼睛近视得厉害，能看到的距离不超过一码远，并不比家族里赶不上它一半漂亮的那些蜻蜓强。

那只蜻蜓真的又回来了，还和汤姆聊起天来。它对自己漂亮的体色和大翅膀有些自鸣得意，不过，毕竟它过去一直都是又丑又脏的可怜虫，所以它现在这么得意也情有可原。它兴高采烈地对汤姆讲起它在树林里、草地上看到的各种奇异物事，汤姆听得津津有味，很喜欢听它说道那些，因为陆地上的事情他已经全忘了。就这样，他们两个很快就成了好朋友。

令人欣慰的是，汤姆从那天那件事情中明白了一个道理，从那以后的好多天里都没再欺负过小动物。之后，那些石蛾幼虫也变得对他友好起来，常常给他讲些它们的奇妙故事，比如它们怎样造房子，怎样换皮肤，又怎样变成飞虫，听得汤姆真希望有一天自己也能像它们一样，蜕去旧皮囊，长出新翅膀。

那些鳟鱼也跟汤姆和好了（鳟鱼总是很快就会忘掉它们受到的惊吓和伤害）。汤姆常常和它们玩狗追兔子的游戏，玩得非常开心。汤姆经常试着也像下雨前的鳟鱼那样，跃出水面，来个鱼打挺，但不知为什么，总是不成功。不过，他最喜欢看的是鳟鱼们在那棵大橡树的树荫下游来游去地跳起来捉虫吃，那里常有甲壳虫扑通一下落到水里，还有绿毛虫莫名其妙地悬根丝从树枝上吊下来，然后又会傻头傻脑地突然改变了主意，用爪子把那根丝线收成一团抱着，把自己缩回到树上去。它们的绳之舞可真是技艺精湛，连走钢丝演员布隆丹和高空杂技演员利奥塔特也望尘莫及。但是没人知道它们为什么要这样自找麻烦，因为它们又不必像布隆丹和利奥塔特那样冒着生命危险养家糊口。

那些绿毛虫快要碰到水面的时候，汤姆常常就去把它们捉住。他也捉泥蛉、若虫、蜉蝣幼虫、纺织娘，黄色的、褐色的、紫红的、灰色的都有，全送给他的朋友鳟鱼吃。也许他这样做对那些飞虫不够友好，可是人在力所能及的时候，总是愿意帮助自己的朋友。

后来，他再也不捉飞虫了。原因是一次偶然的机会，他结识了一只飞虫，发现它是个很招人喜爱的小家伙。事情的经过是这样的，是真事哦。

在七月的一个大热天，汤姆在水面上晒着太阳捉虫子喂鳟鱼的时候，发现了一种以前没见过的虫子，那小家伙身体是深灰色的，脑袋是褐色的。其实它很小，却尽力彰显着自己，人就是应该这样才对。它昂着头，竖着翅膀，翘着尾巴，伸长着尾巴尖上的两根尖刺。总之，它看上去仿佛是小东西里面最无畏的。后来它的举动也表明的确如此。它见到汤姆，非但不逃走，反而跳到汤姆的手指上坐下来，那股勇敢劲儿真比得上九个勇敢的小裁缝加起来的。它用那种你从来没听过的极细、极尖、极刺耳的声音对汤姆叫道："非常感谢您，不过我现在不需要它。"

"你不需要什么？"汤姆对它那目中无人的态度惊呆了。

"你的腿啊，你那么友善地伸出来给我坐，可是我得花上几分钟去看望一下我的妻子。唉！有个家麻烦事真多！"（其实这个游手好闲的二流子什么活都不干，守家孵卵全靠它老婆一个人）"等我回来的时候再坐坐吧，如果你愿意一直这么把腿伸着的话。"说完，它飞走了。

汤姆觉得它很酷，过了五分钟后那家伙回来的时候，汤姆的这种看法就更强烈了。它对汤姆说："啊，你等累了吧？累了的话，换另一条腿也行。”

它跳到汤姆的膝盖上坐下，开始用它那刺耳的声音和汤姆交谈起来。

“看来你是住在水底下吧？那地方太差劲了。我以前也在那里住过一阵子，那时候我衣着寒酸，又丑又脏。不过我不能总在那种地方待着，我要做个体面的人，于是我就爬了上来，换上了这身灰色衣服。这身衣服很正式，你觉得是不是？”

“确实挺好的，看上去干净利落又显稳重。”汤姆说。

“没错，成了家的人总得稳重些、齐整些、体面些。不过我已经厌倦了这些，真的。我在想，上星期为了延续生命，我真是忙够了。现在我应该换上礼服，帅气地出去逛逛，看看精彩的世界，跳跳舞。能快活干吗不快活快活？”

“那你的妻子怎么办呢？”

“嘿！不瞒您说，它就是个老实愚笨的女人，满脑子除了生蛋什么也不想。它要是愿意跟我出来，当然可以；既然它不愿意出来，那我只好自己走咯，所以，我就到这儿来了。”

它说着说着，身体突然变得苍白，很快又变成了雪白的。

“糟了，你生病了！”汤姆惊慌地说。可是没有回答。

“看来你已经死了。”汤姆看着它煞白的身体躺在自己膝头，难过地说。

“没有，我没有死！”汤姆听到自己头顶上传来一个尖细的声音回答，“我上到这儿了，我现在换上了礼服，你看到的那是我蜕下的皮。哈哈！你可变不出这种戏法！”

别说汤姆变不出来，就连胡迪、罗宾、弗里克尔这些世界上最伟大的魔术师也变不出来。因为那个小花花公子是完完整整地蜕掉躯壳的，留在汤姆膝上的外壳，眼睛、翅膀、腿脚、尾巴一应俱全，就跟活的一模一样。

“哈哈！”它一边忙不迭地上蹿下跳，一边得意扬扬地说，“我现在是不是很漂亮？”

它确实漂亮：雪白的身体，橙黄色的尾巴，眼睛就像孔雀翎一样色彩斑斓，最不可思议的是它尾巴梢上的尖刺，变得有以前的五倍长。

“啊！”它说，“现在我要去看看花花世界了。我的生活花费不了什么，因为，你也看到了，我没有嘴，也没有肚肠，所以我永远不会饥饿，也不会胃痛。”

它的确不会。它已经变得像一根羽茎一样干枯、坚硬、空洞了。这种没心没肺的家伙活该长成那样。

但它对自己这样腹内空空非但没感到羞愧，反而非常自傲，就像许多油头粉面的绅士一样，它飞舞翩跹，放声高歌——

爱妻跳舞我唱歌，
朝朝暮暮多快乐；
人生如何最聪明，
庸事闲愁皆抛过。

它就这样飞舞了三天三夜，最后累极了，一头跌到了水里，被冲走了。后来它到底怎么样了，汤姆不知道，也没把它放在心上。因为直到它被水冲走，它还在唱——

庸事闲愁皆抛过。

既然它自己都能抛过，别人又何苦牵挂它呢。

后来有一天，汤姆又遇到一件奇事。当时他正坐在一片睡莲叶子上，和他的朋友蜻蜓一起看蚊子跳舞。因为天气很热，阳光又强，而且蜻蜓已经吃得很饱很饱，所以就坐在那里一动不动，昏昏欲睡。那些蚊子（它们丝毫不把弟兄们放在心上）就在它头顶上方一英尺高的地方开开心心地飞舞，还有一只大黑苍蝇，就落在它面前不足一英寸的地方用爪子梳毛洗脸，但蜻蜓始终无动于衷，仍旧和汤姆絮叨着它以前住在水底下的往事。

突然，汤姆听到上游传来怪异的声音，咕咕哝哝、叽叽吱吱的，就像把两只欧鸽、九只老鼠、三只豚鼠、一条瞎狗塞进一条口袋里，由着它们乱叫似的。

汤姆往上游一看，看见的景象和听见的一样怪异。一个大圆球从上游滚过来，一会儿看着像一团咖啡色毛绒，一会儿看着又像块亮闪闪的玻璃。然而，那并不是一个大圆球，因为有时候它会散成许多块各自漂下来，随后又汇合在一起。只是它发出的声音变得越来越大。

汤姆问蜻蜓这是怎么回事，可是，虽然那东西离得不到十码远，怎奈蜻蜓眼睛近视，根本看不见。汤姆当机立断，一头钻进水里，他要亲自到前面去看看。等他游到近前时，那个大圆球变成了四五只漂亮的大家伙，它们身体比汤姆大好几倍，在水里游着，滚着，潜着，时而扭扭打打、啃啃咬咬，时而亲亲吻吻、抓抓挠挠，憨态可掬，世间少见。如果你觉得我言过其实，你可以自己去动物园里看看（我担心你不能近距离看到，除非你早晨五点钟起来，到科德里沼泽那棵波拉德大柳树旁边去看，那棵大树下有个静水潭，有时候水獭会在那里繁衍后代），然后再说，戏水的水獭，是不是你见过的最快乐、最灵动、最优雅的动物。

最大的一只水獭看见了汤姆，它率先冲出来，用水中的语言尖声喊道："快来，孩子们，这儿有吃的，真的！"说着，它朝可怜的汤姆游过去，瞪着吓人的大眼睛，张着大嘴，露出里面锋利的牙齿。汤姆本来觉得它很漂亮，但这会儿心想：行为漂亮才是真正的漂亮。于是飞快地躲进了睡莲根中间，又扭头对水獭妈妈做鬼脸。

"你出来，"那个坏蛋老水獭说，"否则有你好看。"

汤姆透过两根紧挨着的睡莲根缝隙看着它，使劲儿摇动着睡莲根，还一直冲它做吓人的鬼脸。他以前活在陆地上的时候，就经常这样隔着栅栏对老太婆龇牙咧嘴。这当然是很没教养的举止，不过你要知道，汤姆可没受过什么教育。

“走吧，孩子们，”老水獭厌恶地说，“这东西不能吃。这只是条肮脏的水蜥，谁都不屑于吃它，连池塘里那些粗鄙的梭鱼都不愿意吃。”

“我不是水蜥！”汤姆大声说，“水蜥是有尾巴的。”

“你就是水蜥，”老水獭非常肯定地说，“我清清楚楚地看到了你的两只前爪，我知道你有尾巴。”

“实话告诉你，我就是没有，”汤姆说，“你看！”说着，他把自己娇小的身体转过来。当然，他和你一样是没有尾巴的。

老水獭要是改口说汤姆是只青蛙，当时也就就坡下驴了，可它跟许多人一样，自己一旦说出口的事情，不论对错都不肯改口。于是它接口说道：

“我说你是水蜥，你就是水蜥，不配给我和我的孩子这类上等动物吃。你就在那里等着鲑鱼来吃你吧。”

其实它知道鲑鱼不会吃的，它只是想吓唬吓唬可怜的汤姆罢了。

“哈哈！哈哈！鲑鱼先吃掉你，我们再吃掉鲑鱼。”老水獭笑得那么邪恶那么残忍——有时候你会听到水獭发出那样的笑声，第一次听见的时候人们会以为是鬼在叫。

“鲑鱼是什么？”汤姆不解地问。

“就是一种鱼呀，是一种很大很好吃的鱼。它们是其他鱼类的主宰，我们又是它们的主宰。”它又笑起来，“我们把鲑鱼赶得在池塘里躲来躲去，把那些笨蛋赶得无处藏身。它们本来是很傲慢的，常欺负小鳟鱼和鲦鱼，但看到我们一来，立刻就变得驯服起来。我们捉到它们之后，根本不屑于把它们整个吃掉，不过是咬破它们柔软的喉管，吸它们鲜美的汁液，啊，那味道真好呀！”（说到这儿，它舔了舔丑恶的嘴唇）“然后就丢掉，再去捉另一只。鲑鱼很快就要来了，孩子们，很快就要来了。我嗅得到，雨正离开大海朝这边来。接下来河水就会涨满，就会有吃不完的鲑鱼和各种美味。”

老水獭越说越兴奋，不由得打了两个倒立，接连翻了两个筋斗，挺直了身子站起来，半个身子露出水面，嘴咧得像只柴郡猫似的。

“它们从哪里来？”汤姆留心问道，因为他真被吓住了。

“从海里来，无边无际的大海，它们本来可以在大海里平平安安地生活，但那些傻瓜偏偏要从海里出来，游到这条大河里，从下游游过来，这种时候我们就游过去捉它们。等它们再往下游游回去的时候，我们也追着它们游到大海去，在那里捉鲈鱼和鳕鱼，沿着海岸快快活活地过日子，在海浪里腾跃翻滚，晚上舒舒服服地睡在又暖又干的岩洞里。啊，那种日子也很不错呢，要不是有那些可怕的人类。”

“人是什么？”汤姆又问。可是不知道为什么，他好像在问之前就知道点儿什么似的。

“是两条腿的动物，小水蜥。等等，让我再看看你，他们长得和你差不多，要是你没有尾巴的话。”（它认定汤姆一定有尾巴）它说，“只是比你大得多，我们遇上他们可真倒霉，他们用铁钩和细线捉鱼，有时候会缠住我们的腿；他们还沿着石头放些罐子捉龙虾。我亲爱的丈夫出去给我找东西吃，被他们一矛扎死了。那时候我躲在岩缝里，我们的处境悲惨极了，因为海里风浪很大，鱼都不靠岸。他们竟一矛把它扎死了，可怜的人儿，我眼睁睁看着他们把它绑在一根棍子上带走了。唉，孩子们，它为了你们丢了性命，它是那么温柔体贴。”

老水獭越说越激动（水獭很容易情绪激动，就像许多残酷而贪婪的人一样，对谁都没好处），神色凝重地向下游游去，汤姆很快就看不见它了。它走了真是幸运，因为它刚一走，河边就来了七只小粗梗犬，它们又是嗅，又是吠，又是在地上刨，又是在水上拍，大声吠叫着追寻水獭。汤姆躲在睡莲中间，直到它们走了才敢出来。他哪里能想到，那是水底的仙女们变成小狗来救他了。

他不禁想起刚才老水獭讲的大河和辽阔的大海。他一想起这些，就渴望能去看一看。不知道为什么，越想到大河和大海，他就越加对自己住的这条狭窄的小河和他在这里的同伴感到不满意，他想去闯闯大世界，欣赏欣赏他想象中一定会有的各种美景。

他曾经有一次试着起身向小河下游游去。可是小河太浅，游到浅滩的地方，他在水里都藏不了身，因为水太少了。太阳把他的脊背烤得生疼，他只好又退回来在水塘里静静地躺了一个多星期。

接下来的一个特别热的傍晚，他看到一件奇事。

那天一整天他都在发呆，那些鳟鱼也和他一样。虽然水面上飞着成群的苍蝇，可是它们并不去捉，只是躲在水底的石头下面打盹。汤姆也躺着打盹，他很喜欢靠着鳟鱼那凉滑的身体，因为水热得叫人难受。

可是快到傍晚的时候，天忽然黑了下来。汤姆抬头一看，一大片乌云正盖在他头顶的山谷上面，把两边的山峰都罩住了。他并没有感到惊慌，反而很平静，四周的一切也都很平静，连一丝风也没有，也听不到任何鸟叫声。接着，几个大雨点落到了水里，还有一个雨点刚好打中了汤姆的鼻子，吓得他赶紧把头钻进了水里。

紧接着，响起了轰隆隆的雷声，闪起了耀眼的闪电，电闪雷鸣穿过文达尔，接着又返了回来，从这朵云跳到那朵云，从这座山峰跳到那座山峰，连水里牢固的石头都好像震颤起来。汤姆从水里往上看着，觉得这是他有生以来看到的最大的奇观。

但他不敢把头伸出水面，因为大雨倾盆而下，冰雹像子弹一样打在水面上，激起朵朵浪花。不一会儿，水面升高了，河水向下游涌去。水位变得越来越高，河水变得越来越浑浊，水里漂着甲虫、树枝、草茎、蠕虫、破碎的蛋、木虱、水蛭，以及各种各样、形形色色的东西，真是一个大杂烩，什么都有，足可以塞满九个博物馆。

汤姆在水里几乎站不住脚，便躲到一块大石头后面，但是那些鳟鱼不躲，反而从石头缝间蹿了出去，开始贪婪地吞吃起那些甲壳虫和水蛭。它们比任何时候都兴奋，嘴角挂着来不及吞下的虫子，游来游去，相互顶撞，想把虫子从别的鱼嘴边抢走。

在闪电的亮光中，汤姆看到了另一幅景象。水底到处都是大鳗鱼，正扭头摆尾地顺流而下。这些鳗鱼已经在岩石缝和泥巴里面躲藏了好几个星期，汤姆除了夜间偶尔看到，平时几乎见不到它们的身影，这会儿它们全都跑了出来，急匆匆地从他面前蹿过去，那么迅猛那么有力，把汤姆都吓呆了。它们在身边匆匆而过的时候，汤姆听到它们相互说着:“我们要赶快，我们要赶快。这场暴雨真叫人开心！咱们要趁机下海，趁机下海！”

老水獭也带着所有的孩子一起出来了，它们挨挤着、簇拥着，奋力向前游去，游得也和鳗鱼一样快。它走过汤姆身边时看到了汤姆，对他说:“水蜥，如果你想见识见识世界，现在你的机会来了。快点儿，孩子们，不要理会那些肮脏的鳗鱼，我们明天就可以吃到鲑鱼了，下海喽，下海喽！”

这时，突然划过一道最最明亮的大闪电。耀眼的闪电光芒转瞬即逝，但就在那一瞬间，汤姆看见了——他对这一点非常确定——三个美丽的白衣小姑娘，相互用手臂环绕着彼此的脖子，顺着洪流向下漂去，她们在唱:“去大海呀，去大海呀！”

“喂，停一停，等等我！”汤姆急忙喊道。但是，她们早就走远了。不过，她们清脆甜美的声音在咆哮的雷声、风声、雨声中依然听得清清楚楚:“去大海呀！”

“去大海？”汤姆想了想，“大家都去大海，我也要去。再见了，鳟鱼。”可是那些鳟鱼正忙着捉虫子吃，没有工夫回答他。这样也好，免得汤姆和它们告别会伤感。

汤姆在暴雨中借着闪电的指引，顺着奔腾的洪流向下游去。他游过一个又一个披满桦树枝条的大礁石，那些大礁石，一会儿被闪电照得一片雪白，一会儿又变得漆黑如鬼怪；他游过河岸下一个又一个打着旋涡的深穴，里面不时有大鳟鱼向他冲过来，以为他是什么美食，不过大鳟鱼又都灰溜溜地扭头走了，因为仙女们呵斥了它们，把它们撵回了家，不让它们挡住水孩子的去路；他游过一道又一道狭窄的峡谷和咆哮的瀑布，奔腾的激流使汤姆什么也看不见，什么也听不见；他游过一个又一个深潭，深潭里雪白的睡莲花在狂风暴雨中沉浮飘摇；他游过一个个沉睡的村庄；游过一座座黑暗的桥洞。汤姆就这样向着大海游去，越来越远。汤姆无法停下来，他也不想停下来。他要去看看下游广阔的世界，看看鲑鱼、海浪和无边无际的大海。

天亮的时候，汤姆发现自己已经游进了那条鲑鱼河。

那是怎样的一条河啊？它像一条爱尔兰的小溪，蜿蜒穿过褐色的沼泽。白色的野鸭从河中的白睡莲中飞起，成群的鹬鸟飞来飞去，一遍一遍叫着“哎哟喂，小心你的羊群。”你有没有听过丹尼斯讲裴施达摩的鬼怪故事，他说大蛇怪就住在黑泥池，藏在老松树的树干中间，晚上就把头伸出来，趁着牛喝水的时候，咬断它们的喉咙？——别相信丹尼斯说的这些，你千万要记住。因为如果你问他：

“你认为这里有没有鲑鱼呢，丹尼斯？”

“你是说鲑鱼？多得很，可以装满一大车呢，它们成群结队，还会跃出水面，要是运气好，你们会看得到。”

事实上，就算你把池塘翻个遍，也捉不到一条。

“可是这里不会有鲑鱼，丹尼斯！你想想看，即使真的有那么一条，趁着上一波大潮游了过来，现在也该去了更高的池塘。”

“那当然，您是个高明的渔夫，您懂得比书本还多。您好像一千年前的事情都知道！我刚才不是说了吗，这里怎么会有鲑鱼呢？”

“可是你刚才还说这里有很多鲑鱼，它们成群结队地往外跳。”

丹尼斯一定会抬起头，用他那迷人、狡黠、温柔、迷蒙、温和、闪烁的灰色爱尔兰眼睛看着你，带着最可爱的笑容回答说：

“没错，难道我不是应该拣您爱听的说吗？”

所以说，千万别相信丹尼斯的话，因为他的习惯是别人想听什么样的答案，他就说什么。不过，不要生他的气，你要知道，他只是个穷苦的爱尔兰人，懂得事情不多。你要对他的回答开心大笑，那样他也会跟着你大笑，并乐意听你使唤，跟在你的身后，还会把他会的小把戏表演给你看（他是个多情多义的人，而且和你一样好动）。要是他没什么把戏好表演，就会给你编出各种小谎，一小时能编出一百个来。他还会不停地追问，为什么古老的爱尔兰不能像英格兰、苏格兰和其他地方那样繁荣，听说那些地方的人们想法非常荒唐，竟然把诚实当作行为准则。

也许这条河就跟威尔士的鲑鱼河一样，河的名字主要是为了特别强调（至少截至去年是这样）没有鲑鱼，因为它们已经被那些智化已开的农民捕捞干净，以防止那些撒克逊人来进犯威尔士——他们带着上好的装备、现金、文明、普遍的真诚，还有其他类似的东西，而威尔士人根本就不需要这些东西。

也许这条河就像汉普郡湿地的鲑鱼河（我保证你

在头发变白之前一定会见到）一样正在执行新的捕鱼令——那时候温彻斯特学徒和三百年前一样，都要遵约：一周内吃鲑鱼不能超过三天。洄游到索尔兹伯里尖塔下的鱼儿，会像克莱斯特彻奇圣洞里的那样多。到了那个时候，人们就会看到，上帝赐予的所有可吃之物中，最应该精心保护的就是可敬的绅士般的鲑鱼。它们是那么慷慨大义，以五盎司之微躯入海，来年洄游时已长成五磅，而这期间既不需要耗费一寸国土，也不需要花费国家一分钱。

也许这条河就像一条苏格兰河流，就像诗人亚瑟·克拉夫在他的长诗《托布纳利奇的小屋》里写的那样：

琥珀一样的激流
沿着大理石落下，钻入石底
映着河底的绿石，分外美丽；
最美的是，泡沫像珍珠一样泛起
把白云般的水雾融进曼妙的静寂
两岸重重山岩，缀满花楸和桦条。

嘿，孩子，等你长成了大人，在那样的河里钓鱼的时候，我猜你恐怕不会注意，它是否载着满满的洪水咆哮而下，如一杯旋着奶油泡沫的热咖啡；不会注意到鱼儿围着你的鱼饵打转，就像划船比赛时快速划动的船桨，或者像银箭般在洪流中闪烁，时而从激流和泡沫中跃出；不会注意到落下的瀑布被挤成一道细流，下面的石头像尘土飞扬的收费公路一样灰白，而鲑鱼却一起挤着蜷缩在清澈如琥珀般的水池底暗影里，沉睡着等待大雨再次从大海赶来。如果你有眼睛，有头脑，你就不大会注意到这些，因为你会满心欢喜地放下渔竿，去欣赏那应接不暇的美景，去听水鸫站在岩石上欢声鸣叫，去看那些跑来喝水的黄獐鹿瞪着温柔信任的眼睛看你，好像在说："你不会忍心向我们开枪，对吧？"还有，如果你够和气，你也许会转过身，和躺在你身边晒太阳的大个子吉莉人说说话。他绝不会对你说谎，亲爱的孩子。因为他是苏格兰人，他敬畏的不是牧师而是上帝。而且，你和他交谈的时候，会越来越觉得他的知识是那么丰富，他的情感是那么细腻，他是那么幽默而彬彬有礼。你还会发现（除非你以前已经发现）他比在伦敦各个会客厅里长大的人更能成为纯粹的绅士。

这条河也不同于哈特奥佛的那些鲑鱼河。这条河是你在可敬的老画家比威克的画里看到的那种，比威克就是在那种河边土生土长的。河面足有一百码宽，从宽阔的深潭流到宽阔的河滩，又从宽阔的河滩流到宽阔的深潭，流淌在大片大片的卵石河床之上，流淌在橡树和白蜡树的华盖之下，穿过低矮的沙石岩，漫过翠绿的芳草地，岸旁有美丽的公园、灰色的大房子、土褐色的猎场，高耸入云的煤矿烟囱冒着滚滚浓烟，到处可见。你一定要去看看比威克的画，看看那种河到底是什么样子，因为他可是满怀一个地道北方人的眷恋和热爱，上百次地描画过这种河。而且，即使你没兴趣知道这条鲑鱼河到底是什么样子，也应当和所有的好孩子一样，去了解一下伟大的同胞比威克。

连老约翰爵爷都说（他说得很有道理，虽然他并不会那么干）："在法国，我听到人们说起哪个年轻人有见识的时候，他们会说'他熟悉拉伯雷'，可是在英国说起哪个人的时候，我更愿意说'他熟悉比威克'，我觉得这是更高的称赞。"

不过，汤姆可没留意这是一条怎样的河，他满脑子想的都是游到大海里去。

过了一会儿，他游到一处河面开阔而宁静的浅滩。这里的河面可真宽啊，小汤姆把头钻出水面看了看，看不到边。

他有点儿害怕，在那里停了下来。“这一定就是大海了，”他想，“这地方可真大呀！如果我继续游下去，一定会迷路，也许还会有什么怪物咬我。我得停下，找条水獭或鳗鱼问问路。”

他往回游了一点儿，在河水开始变宽的地方找了条石缝钻了进去，打算在那里等着有谁路过时问问路再走。可是水獭和鳗鱼早就游过去很远很远了。

汤姆一边等一边睡觉，毕竟游了整整一夜，他已经疲惫不堪。等他醒来的时候，河水已经变得十分清澈，还带着琥珀的颜色，但水位依然很高。过了一会儿，他看到了一样东西，一下子惊跳起来。因为他一眼就看出，那正是他想来看的东西！

那鱼可真大！比最大的鳟鱼还要大十倍，比汤姆要大一百倍。那鱼从汤姆身边逆流而上，游得和汤姆顺流而下一样轻松。

那鱼可真美！从头到尾银光闪闪，还缀着点点深红的斑纹，弯弯的大鼻子，钩着大嘴巴，眼睛又大又亮，像个国王似的扫射着左右，它四处巡视着，仿佛这里的一切都归它所有。这一定就是鲑鱼，鱼中之王。

汤姆害怕极了，真希望能有个洞躲进去。其实他大可不必害怕。因为鲑鱼都很有绅士风度，它们就像真正的绅士一样高贵而骄傲，像真正的绅士一样从来不伤害谁，也从来不和谁争吵，它们忙着自己的事，不会去理睬粗鄙的家伙。

鲑鱼看着汤姆的脸打量了一番，没有理他，默默地向前游去，大尾巴来回摆了一两下，水面又翻腾起来。过了一小会儿，又有一条游过来，接着又是四五条，就这样陆陆续续地从汤姆面前游过去，它们银色的尾巴有力地拍击着河水，逆流而上，时而跃出水面，从岩石上方跳过去，在明媚的阳光下一闪，熠熠生辉。汤姆看得十分开心，感觉看一整天都看不厌。

最后游过来的一条比其余的都大，但它游得很慢，有时停下来，往后看看，似乎很着急很忙乱。汤姆看到，原来它是在帮助另一条鲑鱼。那条鱼特别漂亮，从鼻尖到尾巴通体银白，身上一个斑点都没有。

“亲爱的，”那条大鲑鱼跟它的同伴说，“你看起来真是累坏了，你不能一开始就竭尽全力。到这块石头后面休息一下吧。”它用鼻子轻轻推着它，往汤姆坐的那块石头游过去。

你一定猜得到那是鲑鱼和它的妻子。要知道，鲑鱼就和那些真正的正派人一样，一旦选定了妻子，就会疼爱它、照顾它，为它做事，为它战斗，这都是任何一个正派人应该做的；不像那些鄙俗的鲢鱼、鲤鱼、梭鱼之流，没有多少感情，也不照顾妻子。

这时，那条大鲑鱼看见了汤姆。一开始，它恶狠狠地看着汤姆，好像要咬他似的。

“你在这儿干吗？”它气势汹汹地问。

“啊，不要伤害我！”汤姆急忙说，“我只是想看看你，你太漂亮了。”

“哦？”鲑鱼神气而不失礼貌地说，“真是对不起。我才认出你来，可爱的小东西。我以前遇见过一两个你的同类，他们都很和气很有规矩。事实上，有一位最近还帮了我一个大忙，我一直惦记着要报答他呢。我希望我们在这儿不碍你的事，等我妻子休息好了，我们就继续赶路。”

老鲑鱼是多么有教养啊！

“你说你以前见过我的同类？”汤姆问。

“见过好几次呢，小家伙。说起来，昨天晚上，还有一个在河口那儿，告诉我说去年冬天不知怎么河里多了些新的渔网，让我和妻子多留心。还带我们绕过了那些网，他真可爱，真令人感动。”

“这么说大海里也有水孩子？”汤姆激动地拍着两只小手说，“那么我到海里就有人跟我一起玩了，太好了！”

“这条河的上游没有水孩子吗？”雌鲑鱼问。

“没有！我非常孤单。昨天夜里我好像看到了三个，可是他们一眨眼就不见了，往大海游去了，所以我也要到大海里去。因为没人跟我玩，我只能和石蛾、蜻蜓和鳟鱼一起玩。”

“哦！”雌鲑鱼厌恶地说，“你的玩伴可真卑贱！”

“亲爱的，就算他的玩伴很卑贱，可他一点儿也没沾染上它们那种坏毛病。”大鲑鱼说。

“的确没有，可怜的小东西。他可真不幸，竟然和石蛾之流那些六条腿的龌龊东西在一起，还有蜻蜓，也是一样！竟然连吃起来都是那么差劲，我吃过一次，又硬又空。至于鳟鱼，大家都知道它们是什么德行。”说到这儿，它噘起嘴，一副鄙夷的神情，它丈夫也跟着噘起嘴，那神情傲慢得好像亚西比德[①]将军似的。

“你们为什么这么讨厌鳟鱼？”汤姆问。

“小家伙，要是我们忍得住，我们连提都不愿意提它们。可恨的是，它们和我们是亲戚，真给我们丢脸。很多年以前，它们跟我们是一样的。可是它们又懒、又胆小、又贪吃，它们不愿意每年到大海里去长长见识、锻炼锻炼身体，就只待在小河沟里闲逛，吃些虫子。它们为此受到了应有的惩罚，变得又脏又黑，浑身斑点，个头矮小。它们的口味无耻之极，连我们的孩子都吃。”

“后来它们又假装和我们攀亲戚，”雌鲑鱼说，“真的，我很清楚地知道它们中有一个竟然向我们的一条雌鲑鱼求婚，真是恬不知耻的败类。”

---

① 古雅典将军、政治家。苏格拉底的生死之交。

“我希望，”雄鲑鱼说，“我们家族的女子都不要自取其辱，去理睬那种东西。这种事情如果被我看到，我觉得我有责任把双方当场杀死。”老鲑鱼一副义不容辞的样子，像个血统高贵的西班牙绅士似的，而且，它恐怕真会那么干的。要知道，同类相残是最为残酷的，鲑鱼看待鳟鱼的心情，恰如大人物看待小人物，因为对方和自己太像而难以容忍。

# 第四章

临别时，汤姆告诉鲑鱼要当心那个恶毒的老水獭。随后，鲑鱼夫妇往上游游去，汤姆往下游游去。他沿着河岸往前游，游得很慢很小心。他游了很多天，因为离大海很远很远。要不是仙女为他引路，他恐怕永远也找不到去大海的路。当然了，仙女只是在暗中相助，他看不见她们美丽的模样，也感觉不到她们温柔的手。

后来，汤姆在途中又经历了一次巧合。那是九月里一个清凉而宁静的夜晚，明亮的月光直照在水里，尽管汤姆紧紧闭着眼睛，但是仍然睡不着。于是他索性从水里钻出来，坐在一块石头上看着金灿灿的大月亮，他觉得月亮也在看着他，心里在琢磨他到底是谁。他看着月光洒在微波荡漾的水面上，洒在黑森森的冷杉树梢上，洒在盖着银霜的草地上；他听着猫头鹰的呜呜声，沙锥鸟的啾啾声，狐狸的嘶鸣声，水獭的笑声；他闻着桦树散发的清香，闻着从高处草甸上飘来的石楠蜜的甜香；他感受着内心的喜悦，虽然说不出为什么。要是换了你，在那样一个九月的夜里，赤身裸体地坐在那儿，当然会觉得很冷，可是汤姆是个水孩子，所以他跟鱼一样，一点儿也不觉得冷。

突然，他看见一个美丽的景象：一团明亮的红光沿着河边在动，水里映出长长的火焰。汤姆本来就是个好奇的调皮鬼，当然一定要去看看是怎么回事。他向岸边游去，亮光停在矮石边的浅流上的时候，他刚好也游到了那里。

火光下，五六条鲑鱼正睁大了眼睛望着火焰，尾巴欢快地摆动着，好像看到亮光很开心似的。

汤姆想到更近处看看那神奇的亮光，他浮出水面，溅起了一朵浪花。

一个声音传过来："那里有鱼。"

汤姆听不懂这话是什么意思，可是他听着那声音好像很熟悉，而且好像也知道这是谁的声音。他看到岸上有三个两条腿的东西，其中一个举着火把，烧得哔哔剥剥的，另一个拿着一根长长的竿子。汤姆知道他们是人，他很害怕，赶紧钻进了一个石洞里，他在那里可以看到外面发生的事情。

举着火把的人朝水面弯下腰，仔细地看了一会儿，说:“捉那条大的，小伙子，那条至少有十五磅。手要稳住。”

汤姆觉得形势危急，想要提醒一下那些鲑鱼，因为它们此时还傻傻地盯着那火光，好像着了魔似的。可是还没等汤姆拿定主意，那根长竿子就插进了水里，一阵水声和挣扎声过后，汤姆看到一条可怜的鲑鱼已经被长矛刺穿，随后被拖出水面。

这时，又有三个人从后面跟了过来，岸上顿时响起一片喊叫声、打闹声、对骂声，汤姆感觉以前听到过这些声音，但现在听来令他感到战栗和难受。因为他觉得很怪异、很难听、很恶劣、很可怕。他现在全想起来了。这是一群人，他们在打架，在野蛮地、拼着命地打架，这种打架的样子，汤姆以前见得太多了。

汤姆不再去听，他想游走，离开这里。他很庆幸自己变成了水孩子，脱离了这些讨厌而龌龊的人，这些身上穿着脏衣服，嘴里说着脏话的人。可是他不敢跑出洞去，因为那群看守人和偷猎者在打斗，踩得他头顶上方那块石头直摇晃。

忽然间，扑通一声巨响，同时闪过一道可怕的火光，接着，一阵嗞嗞的声音过后，一切都安静了下来。

原来，是有人掉到了水里，他手里拿着火把，离汤姆很近。他在匆匆流淌的水里沉了下去，被激流冲得不断向前翻滚。汤姆听见上面的人在沿着河岸奔跑，好像在寻找落水的人，可是那人被冲到了河底的一个深洞里，躺在那里一动也不动了，所以那些人找不到他。

汤姆等了很长时间，等到一切都静下来之后，他朝洞外看了看，看到那个人还在水底躺着。最后，他终于鼓起勇气，游到了那人身边。“可能是，”他想，“河水让他睡着了，就像那次让我睡着一样。”

他又靠近了些。不知道为什么，他的好奇心越来越重，他一定要过去看看那个人。当然了，他会很轻很轻地游过去。于是，汤姆绕着那人一圈一圈地游着，越靠越近。他见那人一动不动，就靠到跟前去看那人的脸。

因为月光很亮，所以汤姆能够清清楚楚地看清那人的五官。他看着看着，一点一点回忆起来了，这是他从前的师傅格莱姆斯。

汤姆转身就溜，拼命游走了。

“老天！”他想，“现在他也要变成水孩子了。他会变成怎样一个讨厌而爱找麻烦的水孩子呢！很有可能他会找到我，又来打我。”

于是汤姆又往上游游了一段，在一棵赤杨树树根下面度过了下半夜。可是到了天亮的时候，他又想去下面的水潭那儿，看看格莱姆斯先生有没有变成水孩子。

他一路上非常小心，遇到石头就躲在那儿看看四周，遇到树根也进去躲上一阵子。格莱姆斯先生还在那里静静地躺着，并没有变成水孩子。到了下午，汤姆又去看了一趟。不弄清格莱姆斯先生到底会怎样，他总是不能安心。可是这一次格莱姆斯先生不见了。汤姆心想他一定是变成水孩子了。

可怜的小东西，其实他不必那么担心。因为格莱姆斯先生并没有变成水孩子，也没有变成任何东西。可是汤姆很不放心，很长一段时间里他都一直在担心会突然在哪个深潭里遇到格莱姆斯。他不知道，其实是仙女们把格莱姆斯带走了，把他送到了某个地方，仙女会把所有落水的东西都送到那个地方，那是他们该去的地方。不过，你可知道，这次意外对格莱姆斯产生了巨大影响，他从此以后再也没去偷过人家的鲑鱼。看来真是这样，对一个屡教不改的偷鱼者，治愈他的唯一办法就是像对待格莱姆斯这样，把他在水里淹上二十四小时。所以，等你长成了大人，千万要像所有正派人一样做事，没有主人的允许，不要到人家河里去捉鱼，也不要去人家林子里去捕猎。那样的话，人家就会称你为绅士，把你当绅士对待，还可能带你去打猎，而不是把你打落在河里，骂你是偷东西的坏蛋。

汤姆不敢待在离格莱姆斯那么近的地方，就继续往下游游去。他走的时候，整个山谷一派凄凉：红的黄的落叶纷纷飘到河里；苍蝇和甲虫已经死的死，藏的藏；带着凉意的秋雾低低地笼罩着山顶，有时候还浓浓地落到河面，害得汤姆看不清前进的方向。但汤姆还是凭着感觉，顺着流水的方向前行。他就这样日复一日地游啊游，游过一座座大桥，游过一艘艘船只，游过那座大城市的码头、工厂和冒着烟的高高烟囱，游过河中下锚的轮船，有时候他会碰在那些缆绳上，想看看怎么回事，却发现水手们躺在甲板上抽着烟，他就急忙钻进水里，他多么害怕被人捉到，再把他变回扫烟囱的孩子。他不知道，其实仙女一直守护在他身边，她们对水手们使了障眼法，不让他们看见他；她们引导着他不在水车沟和阴沟口误入歧途，引导着他远离一切肮脏和危险的东西。可怜的小东西，那对他来说可真是一次枯燥的旅行，有很多次，他真想再回到文达尔，在明媚的阳光下和那些鳟鱼一起玩耍。可那是不可能的，过去的时光一去不复返了。人们做孩子甚至是水孩子都一样，一生中都只有一次机会。

而且，谁要是像汤姆那样下了决心出去见世面，就一定要知道漫漫旅途其实很乏味。如果没有失去信心半途而废，而是像汤姆那样勇往直前坚持到最后，这样的人是值得庆幸的。因为那种时候，他们已经不再是孩子，但也还没有长成大人。既不是没长大的小鱼，也不是上好的红鲱鱼。他学会了很多，但依然不够。播种了燕麦，却还没有到收获的季节。

汤姆总是很勇敢，意志很坚定，就像一只英格兰小斗牛犬，从来不会认输。他就那么坚定地向前，向前，直到发现迷雾中红色的浮标那儿有一条长长的路。随后，他惊奇地发现水在倒着向陆地方向流。

其实，那是潮水，但是汤姆对潮水一无所知。他只知道水迅速多起来，四周的淡水忽然变咸了。同时，他自己也有了变化，他觉得身体变得强壮、轻快、神清气爽，好像血管里流动的是香槟酒似的。他情不自禁地一跃而上，身体直立着蹦出水面一码多高，接连跳了三下，那姿态和鲑鱼第一次接触神圣富足的海水时一样。据那些博学而有智慧的人说，这海水，是一切生命的源头。

此刻，汤姆已经不在意潮水打在身上。现在他已经可以清楚地看到在大海里浮荡的红色浮标，他想到浮标那里去，于是就朝那儿游去。他穿过一群群的鲈鱼、一群群的鲻鱼，它们都在连游带跳地追逐小虾，汤姆没有注意它们，它们也没注意汤姆。他还遇到过一头黝黑发亮的大海豹，紧跟在一群鲻鱼后面游过来。海豹把头探出水面，眼睛瞪着汤姆，肥胖而油腻，长着深灰色的秃脑袋。汤姆非但没害怕，还和它打招呼说：“你好啊，先生。这大海真是个好地方！”那只老海豹也不咬他，眨了眨温柔而惺忪的眼睛看看汤姆，说：“祝你弄潮愉快，亲爱的小朋友。你是在寻找你的哥哥姐姐吗？他们全在外面玩耍，我碰见他们了。”

“啊，这么说，终于有人跟我玩了！”汤姆说。他继续往前游去，到了浮标那儿，爬了上去（因为他已经累得上气不接下气了），他坐在上面，向四周张望着，寻找别的水孩子。可是，连一个水孩子也没看见。

清新的海风随着潮水吹来，吹散了迷雾。浮标周围微波荡漾，旧浮标也跟着随波起舞。一块块云影在碧蓝的海湾上追逐嬉戏，但是谁也追不上谁。海浪欢快地涌向广阔的沙滩，想要跳过石头，去看一看石头后面青葱的田野是什么样子的，却不小心绊倒了，跌了个粉碎。但它们并不在意，重新汇聚在一起，再一次跳起。燕鸥在汤姆的头顶上空盘旋着，就像长着黑脑袋的巨型蜻蜓；海鸥嘎嘎地叫着，就像一群女孩子在嬉笑，还有红嘴红腿的海雀，在海岸边飞来飞去，叫声热烈而悦耳。汤姆饶有兴趣地看啊看，听啊听，要是能看见水孩子，他就更加开心了。后来，潮水退去，他跳下浮标，在周围游来游去寻找着其他水孩子，但都是徒劳。有时候，他感觉好像听到了他们的笑声，可是那只是海浪在笑；有时候，他以为看到了他们就在水底，却原来是些白的粉的海贝。有一次，他以为自己真的找到了一个，因为他看见沙里有两只眼睛在向外窥视。他立刻潜入水底，把沙扒开，大声喊着：“别躲了，我多想有个人一起玩呀！”但是跳出来的是一条嘴歪眼斜的大比目鱼，它贴着水底游走了，还把汤姆撞了个跟头。汤姆坐在海底，非常失望，流出了咸咸的眼泪。

一路奔波，历尽艰险，却连一个水孩子也没有找到！人生怎么有这么多的苦难！是啊，也许苦难是多了点儿。可是人们想要实现自己的愿望，就必须等待，而且还要为之付出努力，小孩子也不例外。亲爱的孩子，这个道理你总有一天会懂的。

汤姆就这样在浮标上等了一天又一天，一周又一周，他在海上搜寻着，不知那些水孩子什么时候再回来，但是他们一直没来。

他开始四处打听，一遇到有什么陌生的东西从海里钻出来，他就去询问人家有没有见到水孩子。有的说见过，有的说压根儿没见过。

他去问鲈鱼和鳕鱼，可它们只顾贪婪地追着捉虾米，一个字也懒得跟他说。

一大群紫色的海螺漂过来，每一只海螺都骑着一块满是泡沫的海绵。汤姆问：“美丽的海螺，你们从哪里来？路上有没有见到水孩子？”

这些海螺回答说：“我们不知道自己从哪里来，也不知道要到哪里去。我们一生都这样在大海里漂浮，头上晒着温暖的太阳，下面淌着温暖的海流，这就足够了。是啊，也许我们看见过水孩子。我们一路漂过来，见过很多奇奇怪怪的东西。”它们说完就漂走了。这群傻呵呵的东西，一个个上了沙滩。

一条懒洋洋的大太阳鱼游了过来，有半只肥猪那么大，它的样子也的确像被切成一半，又放进衣服夹板里夹扁了一样。虽然它的身体和鳍都很大，嘴巴却像小兔子的嘴一样小，和汤姆的嘴差不多大小。汤姆向它打听时，它回答的声音又细又尖。

“我确定我不知道，我迷了路。我本来想去切萨皮克海湾，我恐怕已经走错了。真是的！都怪我一直随着那道舒服温暖的海流才会这样的。我一定是迷路了。”

汤姆又问了它一遍，它只是说:“我迷路了。不要跟我说话，我要静静地想一想。”

可是跟其他许多人一样，它越想越想不出来。汤姆看着它整天都在东闯西撞，后来，海岸警卫队的人看见了它露出水面的大鳍，就划着船过来，用钩头篙插住了它，把它带走了。后来他们把它带到大城市里去展览，每人一个便士看一次，一天工夫就赚了不少钱。不过汤姆当然不知道后来这些事。

一大群海豚游过来，它们边游边翻着跟头。有的是爸爸，有的是妈妈，有的是小孩子，一个个光滑油亮，因为仙女每天早晨都给它们打漆抛光。它们游过来时发出的声音那么轻柔，所以汤姆才敢和它们搭话。可是它们只是回答:“嘘，嘘，嘘。”因为它们只学会了说这一句。

一群姥鲨游过来，有的像船那么长，汤姆见了很害怕。其实这些鲨鱼都是好脾气的大懒虫，一点儿也不贪吃，不像那些吃人的白鲨、青鲨、真鲨和锤头鲨，也不像那些追杀老鲸鱼的锯鳐、长尾鲨和冰鲨。它们游过来，巨大的侧身擦过浮标，把背鳍露出水面晒着太阳。它们对汤姆眨着眼睛，可是汤姆没办法让它们开口说话。它们吃了太多的鲱鱼，所以变成了大傻瓜。后来有一艘双桅运煤船从那里经过，把姥鲨们全吓跑了，这让汤姆很高兴，因为那些鲨鱼的气味很难闻，事实上，它们在那里的时候，汤姆得紧紧捂着鼻子才行。

后来又来了一个美丽的东西，身体像一根纯银的带子，脑袋尖尖的，牙齿长长的。不过，它有些无精打采，似乎很忧伤。它时而无力地侧身滚动，时而像一道白练猛地蹿出老远，时而又有气无力地躺着一动不动。

“你从哪里来？”汤姆问，“为什么这样面带忧伤、无精打采？”

“我从温暖的南卡罗来纳州来，那里有围着松树的沙滩，有像巨型蝙蝠一样的大鸥魟逐着潮头跳跃翻腾。可是我上了暖流的当，随着它一直往北往北，游游逛逛地到了大海中央，遇上了寒冷的冰山。我在冰山中间绕来绕去，几乎被冰山的寒气冻僵。多亏那些水孩子把我从冰山中间救了出来，我才重新获得了自由。我现在一天天恢复过来了，只是还没多少力气，我很难过，因为我恐怕再也不能回去和那些鸥魟玩耍了。”

“噢！”汤姆惊喜地叫了一声，“你见到水孩子了？

你在这附近有没有见到过？”

“见到过。昨天晚上他们又给我帮了个大忙，不然的话，我就被一条很大的黑海豚吃掉了。”

多么令人沮丧！原来水孩子离他这么近，他却连一个也没找到过。

之后，汤姆离开了浮标，时常沿着沙滩或绕着礁石游动。到了夜里就会出来，就像阿诺德先生那首很美很美的诗中写的被遗弃的雄人鱼（今后你一定要去念念那首诗），他坐到一块石头上面，周围水草闪动着微弱的光，在十月退去的潮水中，哭着叫着呼唤水孩子，可是永远听不到一声回应，最终在苦恼和哭泣中日渐消瘦憔悴。

不过，有一天他倒是在礁石中间找到了一个玩伴，但不是个水孩子，唉！只是一只龙虾，那是一只出众的龙虾，因为它两只螯上都沾着活的藤壶。这是龙虾王国里非同寻常的标志，就像良心和维多利亚勋章一样，都是金钱买不到的。

汤姆以前没有见过龙虾，一下子就被它吸引住了。他觉得这是他见过的最奇特、最古怪、最滑稽的动物。

他的看法大致没错。就算把世界上所有的聪明人、想象力丰富的人、科学家都加到一起，再把所有专门画鬼怪的德国老画家都算上，把他们的脑子都融为一体，也创造不出像龙虾这么奇特、这么滑稽的东西来。

它的一只螯长着大瘤子，另一只螯长着很多锯齿。汤姆饶有兴趣地看着它用长瘤子的螯夹着海藻，用锯齿螯把海藻切碎，像猴子一样，先闻一闻，然后才放进嘴里。而附在它螯上的藤壶，则一直忙着张开自己的渔网在水里打捞着，不论捞到些什么，大家都一起分享。

最令汤姆感到惊奇的是它弹跳的样子——嗖地一下弹射出去，就像你用鹅胸骨做的跳蛙一样。它这套跳前翻后的功夫的确了不起，因为，如果它要跳进十码外一条窄缝里，你猜它会怎么办？如果是脑袋朝前钻进去，出来的时候肯定转不过身来，所以它通常是把尾巴朝着石缝，把两根长触须放平——它的长须末端可有第六感官呢（虽然没人知道第六感官到底是什么），身子伸直找准方向，眼睛朝后翻着看，翻得眼珠都快要从眼眶里掉出来了。就这样做好了准备，开始起跳，嗖！——刹那间身子就进了石缝，还捻着胡须朝外看看，好像在说:“你肯定做不到。”

汤姆向它打听水孩子的事。它回答说:“见过。”它经常见到他们，只是没太留意。那些水孩子们都是些爱管闲事的小东西，到处找着帮助那些遇上麻烦的鱼和贝壳。至于龙虾自己，它是不屑于接受那些小东西们的帮助的，他们那么柔弱，身上连壳都没有，再说，它在世界上活了那么久，足可以照顾好自己。

这个老龙虾傲慢自负，对汤姆也不大礼貌。听听它说话你就知道，它做一件事情要变多少回主意，这是所有自负的人的通病。不过呢，因为它很有趣，而且汤姆很寂寞，所以汤姆也不想跟它争吵，就这样，他们经常坐在石头洞里，一聊就是几小时。

在那段时间里，汤姆有过一次奇遇，这件事情对他来说非同小可——真的是非同小可，老实说，那差点儿让他永远找不到水孩子。如果真是那样，我想你一定也觉得很遗憾。

我想你还记得那位穿白衣服的小姑娘吧。总之，她也去了那里。看起来那么白净、那么善良、那么可爱，她一直都是这样，后来也永远这样。事情发生在十二月，那是令人愉快的季节，白天很短，西南风刮个不停，一直刮得圣诞老人来铺上了巨大的白桌布，老天也在大地上铺上大白桌布，准备好让小弟弟小妹妹们为小鸟们准备圣诞大餐。在愉快的十二月里，约翰爵爷成天都忙着打猎，家里的人谁也没机会能跟他说上一句话。他一个星期里有四天都在打猎，玩得不亦乐乎。另外两天他要去法官席和监护人委员会办公，他做事非常公正。只要他能及时回到家，就五点钟准时吃晚饭。他讨厌那种捕猎季节到八点钟才吃晚饭的荒唐时尚，那样就不免要一回到家就先吩咐仆人端来冷酒冷肉充饥（那会把肠胃弄坏的），然后去卧室的扶手椅上疲惫不堪地僵坐上两三个小时，这才能正经吃上晚饭。亲爱的孩子，等你长大成人以后，也要像约翰爵爷那样严守作息时间。不论你想努力学习功课还是努力练习骑术，都要坚守剑桥古老优良的作息传统：八点钟吃早餐、五点钟吃晚餐。这样的话，一天能做完两天的事。但是，如果你下午三点钟看到了一只兔子，然后一直追它追到了天黑，追到离家二十英里远的地方，那就只能像那些比你好的人一样，一直捉到它才吃饭。你要知道，即使你自己不在意挨饿，也别让你的马忍饥挨饿，要让它喝点热和的粥或麦芽酒，缓缓地带它回家，要记住，好马不会像黑莓那样在树篱上生长。

约翰爵爷就这样白天去打猎，下午五点钟吃晚饭，每天早早上床睡觉，鼾声打得满霍特沃府的窗子都跟着震动，烟囱里的煤灰都被震落下来。爵爷太太要想跟他说句话，比让死去的夜莺唱支歌还难，于是她决定出去散散心，让爵爷和他的医生、代理人卡普顿·斯威格在每晚的音乐会上尽情打鼾吧。就这样，为了让自己和孩子们身体健康，她用了少量的碘，然后把孩子们全都带上去了海边。唉，她还不如待在家里涂点儿珀瑞治疗马疱疹的药水呢，马厩里还有很多那种药水。那样她不但能省钱，而且还不会因为把孩子们带到空气污浊、没有排水的地方去住，而造成他们全部病倒（很多人都是这样生病的），还浑然不知他们是怎么染上猩红热和白喉病的。可惜人们没有那么聪明，总是要等到被那糟糕的气味害死，一切到了无法挽回的时候，才能明白这一点。不过，约翰爵爷的鼾声也实在太大了。

至于她去了哪里，大家就没必要知道了，免得年轻的姑娘们都要开始幻想那里会有水孩子，去追逐他们、捕捉他们（这样一来那里的房价也会被抬高），把他们养在鱼缸里，就像古时候那些庞贝城的贵妇人，（你在油画里看到的那种）把爱神丘比特养在笼子里一样。只是从来没听说过有哪个贵妇人，会像我们的英国小姑娘养水族生物那样，把爱神饿死、脏死或疏于照顾而致死过。所以最好还是不要有人知道爵爷太太去的是哪里的海滩了。如果把水孩子捉来养死，其糟糕程度不亚于把鸟蛋捣碎。因为，即使世界上有成千上万甚至百万的水孩子和鸟蛋，也没有哪一个是多余的。

事有凑巧，那个白衣姑娘，也就是爱丽小姐，那天来到这个海岸，刚好走到汤姆和他的龙虾朋友坐着的那块石头附近。她身边还有一位绝顶聪明的人——帕斯梅灵教授。

这个大教授的母亲是荷兰人，所以他是在库拉索出生的（你是学过地理课的，当然明白这是为什么），他父亲是波兰人，所以他在彼得罗巴甫洛夫斯克长大（你是学过政治课的，当然明白这是为什么）。他像个地地道道的英国人，从来不觊觎邻居家的东西。至于他的名字帕斯梅灵，那是个古老而高贵的波兰姓氏。

这位教授是个伟大的自然主义者，是食人岛国王新建的一所大学的首席教授。作为驯化社成员，他去那里是要搜集那些在英格兰海岸见不到的低等生物，然后把它们放养在食人岛周围，因为那里没有那么多的低等生物能把人们的废弃物完全消化掉。

不过，他是个善良、高尚、可敬的老先生，很喜欢小孩子（因为他完全没有食人族血统），而且只要全世界都善待他，他就会善待全世界。他唯一的缺点就是像知更鸟似的——你从儿童房的窗口就可以看到——只要看到别人发现一只稀奇的虫子，它就会围过去跳着啄人家。高高地翘起尾巴，夸张地蓬起羽毛，声明是自己第一个发现那虫子的，所以那是它的虫子，否则的话，那就根本算不上是只虫子。

他大概是在斯卡伯勒或者弗利特伍德或者其他什么地方（也许你并不关心到底是在哪儿，其他人也不会关心）遇见约翰爵爷的，他先是结识了约翰爵爷，随后就喜欢上了他的孩子们。由于约翰爵爷对海鸟一无所知、毫不关心，所以只要鱼贩子能把晚餐用的好鱼给他送来就行。爵爷太太虽然也同样对海鸟一无所知，但她觉得应该让孩子们了解一点。要知道，在那个愚昧的旧时代，人们总是教导孩子学知识就要学得深透，要学一样专一样。而在现在这个智化大开的新时代，人们什么都要孩子学，样样只要略知一二就行，学起来又有趣又轻松，这样才是对的。

这就是为什么小爱丽会和老教授一起在礁石上散步，他一边走一边把在那里看到的无数美丽稀奇的东西讲一点儿给她听。可是小爱丽对那些东西都没什么兴趣，她还是更喜欢和小孩玩，哪怕是布娃娃也好，至少她可以假装布娃娃是活的。最后，她终于忍不住老老实实地对教授说："这些东西我都不喜欢，因为它们不能和我一起玩，也不能和我说话。如果这里和以前一样还有水孩子，如果我能见到水孩子，那该多好啊。"

"水里会有小孩子？你真是个头脑古怪的小可爱。"老教授说。

"有，"爱丽说，"我知道从前是有水孩子的，还有美人鱼和雄人鱼。我在家里的一幅画上看见过，那上面画着一个美丽的女人驾驶着海豚拉的螺车，许多孩子围着她飞，还有一个坐在她的腿上。美人鱼在水里游玩，雄人鱼吹着螺号。那幅画叫《嘉拉提亚的凯旋》，画的背景是一座燃烧的山。画就挂在大楼梯的墙上，我从小到大都看着它，还几百次地梦到过它。画得那么美，一定是真的。”

但是，教授是绝不会让你以为，仅仅因为人们觉得某些事物特别美，就会是真的。他会这样说：照你这个逻辑，巴尔塔人认为最好是把自己的祖父吃掉也没错喽？——因为在他们看来把亲人埋在地下是很糟糕的事情。事实上，教授还会进一步说，任何人都不必去相信那些自己没有见到过、听到过、尝到过的东西或参与过的事情。

他对很多事情都有自己的奇谈怪论。甚至有一次，他在英国一个协会上站起来发言说，类人猿也和人类一样，拥有海马体组织。这个说法可真是惊世骇俗。因为如果照他这么说，那些不朽的万众的信仰、希望、博爱又该如何收场呢？你也许会说，人类和类人猿之间还有更多更重要的区别呢，比如，人类能够使用语言、会制造机器、能辨别对错、会祈祷，以及做其他各种琐事，等等，但这只不过是小孩子的无知说法，亲爱的孩子，只有海马体实验才是有力的证明。如果你的大脑中有海马体组织，即使你长了四只手而没有脚，而且比所有猿类都更像猴子，你也不是类人猿。但是一旦发现哪只类人猿的大脑里也存在海马体组织，那就没有办法否认你的曾祖、高祖、天祖、烈祖、太祖、远祖、鼻祖奶奶一定是类人猿了。所以，亲爱的孩子，你一定要牢牢记住，你和类人猿真正的、确定的、最根本、最重要的区别是：你的大脑里存在海马体组织，而类人猿是没有的，所以，你一定要牢牢记住，在类人猿的大脑里发现海马体组织是很严重的错误，也是很危险的事情，每个人都会对此表示震惊。所以人们对教授的言论如此震惊也就不难理解了。其实这完全大可不必。因为，就像邓卓瑞勋爵等人说的，只有人类的大脑里存在海马体组织，所以，万一发现某个类人猿的大脑里存在海马体组织的话，难道那非得叫海马体而不能是别的东西吗？你懂的。

可遗憾的是教授还有更过分的举动——他在 1999 年英国协会澳洲墨尔本分会上宣读了一篇论文，那篇论文让每个人都觉得自己是更高级更聪明的生物。论文声称，除了人类，任何地方、任何时候都没有，从来没有，也永远不会有任何形式的理性甚至半理性的动物。至于什么林泽仙女、半人半兽森林神、半人半羊农牧神、巨人、矮人、巨魔、精灵、地精、仙女、苏格兰小精灵、德国女水妖、山鬼、小妖、爱尔兰绿矮妖、夜妖、死亡女妖、鬼火、鬼烟、捣蛋妖、无尾猴、小丑妖、小恶魔、女妖、神灵、食尸鬼、仙女、天使、天使长、小魔鬼、妖怪以及其他妖魔鬼怪什么的，那些全都是子虚乌有、信口开河。为了证明这一点，他每天很早就起床，吃隔夜饭当早餐。但他还是做到了，至少自己是满意的。因此，有一个极为聪明极为伟大的神学家称他是个地地道道的撒都该人[①]，也许他说得很对。而教授则反唇相讥称那位神学家是地地道道的法利赛人[②]，也许他说的也很对。但他们丝毫没有争吵。因为，一旦男人成了大人物，听到的难听话就会像河水淌过鸭背一样倏然而逝，所以到了晚饭时分教授和神学家再见面的时候，一起在沙发

① 公元前 2 世纪形成的犹太教的一个派别。他们不信灵魂不灭，不信肉体复活，也不信天使和弥赛亚。他们热衷于权势、金钱、名利。

② 一个犹太人宗派。过于强调摩西律法的细节而不注重道理。

上坐了一小时，谈论南极洲女性劳动力的状况（谁也不会在酒后谈本行的事），彼此都诚心诚意地称赞对方是自己一生中最好的事业伙伴。当个大人物多好啊！

从这些事中你就能猜到，教授和小爱丽的想法是完全不同的。于是，他把在英国协会上宣读的那篇著名论文，用适于小孩子听的方式，简明扼要地给小爱丽讲了一遍。我们前面已经详细地说过他那些反对存在水孩子的看法，所以在此就不再重复了。

依我看，小爱丽一定是个笨孩子，因为她非但没有信服帕斯梅灵教授说的话，反而继续问他同样的问题。

“可是为什么世界上没有水孩子呢？”

我猜大概是教授那时刚好踩到了一个尖锐的贝壳，狠狠地扎疼了他脚上的鸡眼，钻心的疼痛使他忘记了自己是个科学工作者，本应能够解释自己所不知道的事情；忘记了自己是个逻辑学家，本应能够推理自己不能证明的全称否定命题——我是说，我猜大概是，教授被贝壳扎疼了鸡眼，所以才会尖声回答说：“因为就是没有。”

他说的简直不成一句话，亲爱的孩子。你学过《安吉特大婶的辩论》的话，一定知道，如果教授因为很生气而说这类话的时候，他应该说因为就是没有，或者说因为一个都没有，或者说（如果他也读过《安吉特大婶的辩论》）因为水孩子根本不存在。

他用渔网在海藻里猛扫了一阵子，竟然凑巧就网到了可怜的小汤姆。

他感觉到渔网很沉，便迅速往上一收，汤姆就这样被网住了。

“天啊！”老教授惊叫道，“好大的红海参啊，还有手呢！这一定是某种锚参。”

他把汤姆取了出来。

“还有真眼睛呢！”他大声嚷嚷着，“不用说，这一定是章鱼！真是罕见！”

“不，我不是章鱼！”汤姆竭力反驳说，因为他不愿意别人用讨厌的名字称呼他。

“这是个水孩子！”爱丽大声说。她说对了，汤姆当然是水孩子。

“胡说什么呀，你这孩子！”教授说着，猛然转过身去。

这的确是个水孩子，无可否认。而他刚刚说完根本不存在水孩子，这下可怎么自圆其说呢？

他当然很想把汤姆放在桶里带回去。他不会把他泡到酒精里的，绝对不会。他会养着他，拿他当宠物养着（因为他是个很善良的老绅士），还会写一本关于这个水孩子的书，写的时候还得让他有名有姓的，名字要体现他的身份特征，姓氏要随自己的姓氏。就叫他水之童·帕斯梅灵菌吧，或者类似的其他长名字。因为在他们生物界，每个物种又要分出九个属，短名字早都被用光了，所以现在只能用长名字了。可是，他已经在英国协会上发表过演讲，那些渊博的人会怎么评价他呢？他刚才还跟爱丽说了那些话，这下爱丽会怎么说呢？

有一位智慧的异教徒老人曾经说过："对待孩子，最要敬畏。"也就是说，大人决不可在孩子面前说错话或做错事，免得为他们树立起坏榜样。库辛·克莱姆丘尔德对这句话的解释是"孩子的敬畏最可贵"。可是在他成长的那个国家，人们并不期望小孩子彬彬有礼，因为他们个个都优秀得像个总统——每个人都清楚自己最关心什么，好吧，就算他们是那样的吧。其实，库辛·克莱姆丘尔德那样说，并不是表达他个人的看法，而是出于道德使命；他也不是在发表学术观点，而是为了树立权威——这对他来说，可是个不小的诱惑。但是有些人，恐怕教授就是其中之一，对那句话的解释比库辛·克莱姆丘尔德更奇怪，更标新立异，更偏执，更激进，更主次模糊，更里外不分，更前后颠倒。他们对那句格言的理解是：一定要尊重孩子，也就是说永远不可在他们面前承认自己是错的，即使你知道自己错了也不能承认，免得他们对长者失去信任。

如果教授这时候对爱丽说："没错，亲爱的孩子，这的确是个水孩子，真是很稀奇。看来，虽然我勤勤恳恳钻研了四十年，但对神奇的大自然还是知之甚少。我刚刚和你说完不存在水孩子这种东西，瞧！这就来了一个，他是来打消我的自负的，他让我知道大自然的神奇力量是卑微的人类远远不能想象的。我们要感谢大自然的创造者、启迪者、主宰者，感谢他为我们创造的精妙绝伦的杰作，我们要试着了解这个稀奇的东西。"我想，如果教授这样说，小爱丽一定会比以前更加坚定地信任他，更加深刻地敬仰他，更加热烈地爱戴他。但是他并不这样认为。他迟疑了一会儿。他很想养着汤姆，但又很希望自己没有捉到汤姆。最后，他最想做的就是把汤姆除掉。于是，他转过身去，一边用指头去戳汤姆（他想不出更好的办法），一边装着漫不经心的样子说："亲爱的小姑娘，你一定是昨天晚上梦见水孩子了，你满脑子都是水孩子。"

汤姆被吓坏了，感到一种说不出的恐惧，即使叫他海参或者章鱼，他也一声不敢吭了。他的小脑袋瓜固执地认为：如果被穿着衣服的人类抓到，自己一定也会被穿上衣服，变回那个又脏又黑的扫烟囱小孩。但是，被教授那么一戳，他再也忍不住了。他又怕又气，像一只被逼得走投无路的老鼠一样，迅猛地反扑过来，把教授的手指头咬得鲜血直流。

"啊！呀！哟！"教授惊呼起来。这下他正好有借口除掉汤姆了，于是趁机把汤姆甩到了海草里。汤姆急忙潜入水中，眨眼间就不见了。

"那就是个水孩子，我听见他说话了！"小爱丽喊着，"哎呀，他跑了！"她跳下礁石，想在汤姆溜到海里之前抓住他。

已经来不及了，而且更糟糕的是，她往下跳的时候滑了一跤，从六英尺高的礁石上摔了下去，脑袋磕到了一块尖石头，她躺在那儿一动也不动了。

教授把她抱起来，想要唤醒她，他哭喊着她的名字，因为他是那么爱她。看到她丝毫没有好转的迹象，他只好抱着他去找她的保姆，然后一起回了家。小爱丽被放在床上，睡在那里一动不动，有时候醒来一下，嘴里喊着水孩子。可是没有人明白她的意思。教授是不肯说的，因为他羞于说出口。

过了一个星期，在一个月明之夜，仙女们从窗口飞进来，给爱丽送去了一对翅膀。爱丽看到翅膀那么美丽，忍不住插在了自己肩上。于是她飞出窗子，飞过陆地，飞过大海，飞到了云端。过了很久都没有人听说过她，也没有见过她。

这就是为什么人们总说从来没有人见过水孩子。至于我的看法，我相信那些博物学家在外出采集标本的时候，捉到过好多次，他们只是因为害怕破坏已有的理论，便不动声色地把他们扔回了海里。只不过这位教授干这种事情的时候，凑巧被人看到了而已，这都是个人的时运问题。一个很老很老的仙女发现了教授，她触摸过他的头骨，推算过他的生辰，里里外外仔细测量过他的半月骨，所以她对他会做什么掌握得一清二楚，就像她在书上见过的一样，古老的西方国家的人们都这么说。他确实是那么做的，就像每个人一样，都是事先注定的。总会有那么一天，那个老仙女也会发现那些博物学家的行径的，她会在《泰晤士报》上披露他们的，到那时候再看谁笑到了最后？

所以说，从那个地方那个时候开始，老仙女就已经把他牢牢地掌握在手中了。不过她对待这些最优秀的人最认真，因为他们被治愈的机会最大，而且他们是最有可能给她丰厚报酬的病人。因为她拿着和中国御医一样高的薪酬，就得认真工作才行（很遗憾，并不完全如此），治不好，不收钱。

所以她控制住了教授：因为他对事情总不满意，她便在他脑袋里装满了与事实不符的东西，想试试他是不是更喜欢这些。因为当他看到水孩子的时候，他选择了不相信那是水孩子，她就让他相信了比水孩子更可怕的东西，比如独角、火龙、蝎狮、蛇怪、双头蛇、鹰头狮、凤凰、大鹏鸟、半兽人、狗头人、三头狗、三个身子三个头六条胳膊的革律翁，以及其他各种让人感到刺激的生命体，人们认为那样的东西并不存在，并希望永远不要存在，虽然人们对此一无所知，也永远不会知道。那些生命是那么令人不自在，让人感到害怕、慌张、恼火、困惑、惊讶、恐惧，可怜的教授完全被这些东西惊住了，据医生说，他疯癫了三个月。也许医生们说的对，他们有时候说的是对的。

当地的所有医生都被召集起来，对教授这个病例做诊断报告。结果当然是每个医生都对别人的意见强烈反对——不然做科学研究的那些人还有什么用啊？最后，总算绝大部分医生都认同了一份用纯粹的医学语言写成的报告，这份报告里一部分是错误百出的拉丁文，一半是错误更多的希腊文，剩下的部分可能是英文，如果他们学习过英文拼写的话。报告的开头是这样写的："The subanhypaposupernal anastomoses of peritomic diacellurite in the encephalo digital region of the distinguished individual of whose symptomatic phœnormena we had the melancholy honour (subsequently to a preliminary diagnostic inspection) of making an inspectorial diagnosis, presenting the interexclusively quadrilateral and antinomian diathesis known as Bumpsterhausen's blue follicles, we proceeded."

接下来还写了些什么，爵爷太太就不得而知了，因为她一看到那些长长的词句就吓跑了。她把自己锁在卧室里，免得被那些单词挤扁或者被那些句子绞死。和蟒蛇相伴就够糟糕的了，她说，可是用铺路石做成的蟒蛇又是什么东西啊？

“真是不可思议！他们认为他到底怎么了？”她问老保姆。

“他有些神志不清。也许信仰发生了动摇或者相信了异端邪说。”老保姆回答说。

“那他们为什么不直说？”

天空，大海，岩石，山谷中，都传来回声——“为什么？”但是，医生们全都没听见。

她让约翰爵士给《泰晤士报》写信，敦促财政大臣暂时征收词句冗长税。

超过三个音节的单词征轻税，因为这样的单词虽然讨厌，但毕竟和老鼠一样难以避免，不过，也要像对待老鼠一样，尽量减少，谨慎使用。

超过四个音节的单词征重税，例如："heterodoxy"（异端邪说）、"spontaneity"（自发性）、"spiritualism"（唯心论）、"spuriosity"（不合逻辑的），等等。

超过五个音节的单词（这样的词恐怕没人想看示例），征收最高税。

同时源于三种及以上语言的单词同样征收最高税。至于那些源于两种语言的词语，因为过于普遍，是不可能戒除的。

那位财政大臣是个通情达理的学者，他一看到这个提议就跳起来了，因为他从中看出这是一个，也是唯一一个可以取消D计划的手段。但是，当他把这一条当作议案提出时，大多数爱尔兰成员，也包括部分（很遗憾地说）苏格兰成员，都表示了强烈的反对，理由是：在一个自由的国度里，不能强求任何人必须明白他自己说的话，或者让别人明白他说的话。所以，这个提案在一读中就被否决了。那位财政大臣同时也是一位哲学家，所以他转念一想也就释然了：女人提出一个英明的主意，男人却愚蠢地不屑一顾，这也不是头一次了。

就这样，医生们照样我行我素、满怀热忱地继续各自的工作，给可怜的教授开列了五花八门的药方，这些药方涵盖了从希波克拉底[①]到福伊希特斯莱本的古今名医所开过的药方。如下：

1. 藜芦、吕宋藜芦、加拉提亚藜芦、西西里藜芦、所有其他藜芦、藜芦时代藜芦专家之藜芦配方。

但这个药方对他根本不起作用，巴姆斯特豪森抑郁症一点儿都没离开他的大脑数字区。

2. 用希波克拉底、阿莱泰乌斯[②]、塞尔苏斯[③]、塞利乌斯·奥雷利安努斯[④]和盖仑[⑤]的疗法都试过之后，再诊断一下他到底是得了什么病。

但是像大多数人一样，他们觉得这太麻烦了。于是决定还是先试试以下治疗方案再说。

3. 琉璃苣灼烧法

在他的头上钻孔，让烟冒出来。这办法（据戈登缪

---

① 古希腊伯里克利时代的医师，被西方尊为“医学之父”。

② 公元 2 世纪前后的古希腊医生。

③ 罗马百科全书的编纂者，被称为“医学上的西赛罗”。

④ 西罗马帝国最后一位医学作家。

⑤ 古罗马医师、自然科学家和哲学家。

斯说）“毫无疑问，一定奏效”，然而结果并没有奏效。

牛黄石、钻石珍珠、用香料煮过的公羊脑、艾草油、尼罗河的水、刺山柑、好酒（但没办法弄到）、铁匠铺的水、啤酒花、龙涎香、曼德拉草枕头、睡鼠肥肉、野兔的耳朵、饥饿疗法、樟脑、盐拌番泻叶、麝香、鸦片、紧身衣、恐吓、锤击、热蒸、放血、冷水盆浴、跪在他胸部直至压破……这些中世纪疗法或者叫作苦行僧疗法都试过之后，还是没有奏效。

巴姆斯特豪森抑郁症还是牢牢地控制着他的脑袋。

于是，又进行了以下治疗——

4. 诱惑、亲吻、香槟泡海龟、苏打水泡红鲱鱼、好建议、园艺、槌球运动、音乐晚会、玩“莎莉大婶”游戏、抽淡味烟、读《周六文学评论》、配有侍从的马车……这些现代疗法都试过之后，仍然无一奏效。

如果他是个疯子，朝女王开了枪，或者为了逃债而杀死了所有债权人，或者沉溺于类似的其他种种无伤大雅的怪癖，他们还会尝试更多的疗法——把他送到伊斯特汉斯特德平原这个全英国最有利于健康的环境，在温莎森林里自由奔跑，每天早晨读读《泰晤士报》，带上双管枪和指南针，每周去枪杀三个惠灵顿学院的男生(不可更多)，以防猎黑琴鸡的时候没了子弹。

可是他既没有那么疯癫，也没有那么坏，所以还不够资格享受那么奢华的待遇。他们万般无奈，只好采用以下这些低劣疗法。

5. 硫黄熏蒸法、“无与伦比的疯子饮料”（他们也不知道那到底是什么）、××鱼肝熏蒸法（由于他们忘了叫什么名字，所以葛瑞博士没办法为他们提供准确药引）、金属牵引器、霍洛韦药膏、电化生物、瓦伦丁·格瑞特里克的抚摩疗法、招魂术、霍洛韦药片、降神术、莫里森药片、顺势疗法、帕尔生命片、催眠、胡说八道、驱邪术（他们为此研读了《女巫之锤》《尼德里蚁巢》《德尔里欧》《威尔若斯》……但是，没有一本提到过水孩子）、水疗法、雷切尔夫人永葆青春的灵丹妙药、波基普西先知的预言、坏鸡蛋蒸馏液、火疗法（这办法曾经成功地治愈了老检察官的精神病，现在正在被波斯的毛拉[①]们用于治疗风湿）、环境顺势疗法(或称就地掩埋疗法)、蒸气疗法（或称热蒸疗法）、共情疗法（这一疗

① 伊斯兰国家（或地区）对人的一种敬称。

法源于巴西尔·瓦伦丁的《锑之凯旋车》和肯奈姆·迪格拜的兵器药膏，人称咬人狗的毛）、水银疗法（或者说把水银倒进喉咙以驱走体内的病毒）、气候疗法（或者说到月球上去把他的魂儿收回来——就像罗吉耶洛[①]为了找回奥兰多丧失的情智而奔向月球一样，只是他们没有雄鹰，只好用气球。结果，气球掉进了大西洋，被一艘雅茅斯捕捞鲱鱼的渔船救了回来，他们遍体鳞伤地回了家，大家都变得更聪明了些）、憎恶疗法（像使唤外人或"弟兄"一样使唤他）、冷漠疗法(即什么都不做)。

从阿贝维莱尔人钻燧取火时代（这是很古老很古老的年代了）到万国工业博览会召开的时代，无论是笨蛋发明的，还是饭桶尝试过的，各种内科疗法外科疗法全都试过了。

但是，仍旧无一奏效。他还是整天尖叫着大喊水孩子，叫人们快来赶走那些妖怪。他们当然不会去找，因为他们根本不相信有什么水孩子，他们认为那不过是巴姆斯特豪森抑郁症闹的。他们还是和往常一样，本末倒

---

① 意大利作家卢多维科·阿里奥斯托的叙事诗《疯狂的奥兰多》中的一位人物，后面的奥兰多也是其中的人物。

置，把结果当原因。

最后，他们强迫可怜的教授通过写一本巨著来放松心情，而写的内容和他本来的观点截然相反。他在书里证明，月亮是由绿色的奶酪做成的，上面的那些小点(只要把望远镜的镜头弄脏，就可以清楚地看到那些小点，这道理和威克斯保持他的伏特电池是一样的)全都是孵化出来聚集在那里的小婴儿，一旦有哪个孩子想要个小弟弟小妹妹，他们随时就会降临到这个世界上。

这恐怕是他搞错了。因为月球周围没有大气层(虽然有人说是有的，至少另一面是有的，据说他绕到月亮背后去看过，发现月亮的形状就像个巴斯圆面包，而且上面非常潮湿，住在月亮上的人即使在仲夏季节出门，也得穿上防水大衣和防水靴，即使这样，在捕捞鳗鱼的时候还打喷嚏呢)，而且因为没有空气，也就不可能有蒸发，因此露点温度[①]也就不可能低于华氏零下七十一点五度，因此，早晨四点钟的时候天气不可能冷到可以把婴儿的肠系膜冷缩成左心室，所以，他们也就不可能

① 指空气在水汽含量和气压都不改变的条件下，冷却到饱和时的温度。形象地说，就是空气中的水蒸气变成露珠时的温度。

感染百日咳，如果他们不感染百日咳，他们也就不可能变成婴儿，所以，月球上不可能存在婴儿。——证明完毕。

这个解释够绕的吧。不过，也许，很可能等你将来长大的时候，那些比你了不起的人还会说出比这更绕的话呢。

不过呢，有一件事是确定的。那就是，当这位出色的老博士写完书之后，他的巴姆斯特豪森抑郁症大大减轻了，其他一些更严重的病状也减轻了。从心智上说，他摆脱了骄傲和虚荣、盲目和冷酷，而这些正是他患上巴姆斯特豪森抑郁症的真正原因，也是其他很多丑恶事情的真正原因。在这个过程中，他脑子里像是流动着肮脏的洪水，然后慢慢变成了淡淡的咖啡色，就是那种鱼儿应该能够生存的浑水，后来那水越来越清澈，清澈得真的有鱼儿在其中游动了。他在那些鱼儿中捉了两三条（这在大脑洪流中，算是极好的猎物了），小心翼翼地解剖了，但是，除了讲给小孩听以外，他从来不说他解剖时发现了什么。而从那以后，他就变成了一个更加忧郁更加有智慧的人了。这是件好事，亲爱的孩子，哪怕为此付出沉重的代价。

# 第五章

可是小汤姆怎么样了呢?

前面说到，他溜下礁石钻进水里去了。可是他总是会不由自主地想到小爱丽。他不记得她是谁，但他知道她是个小姑娘，虽然她的身体比自己大一百倍。这没什么奇怪的，体形的大小和种类毫无关系。一棵小草也可能是一棵大树的亲表弟。虽然猎狮犬比约克犬大二十倍，可是约克犬也知道猎狮犬同样是狗啊。所以汤姆当然知道爱丽是个小女孩，他一整天都在想着她，想和她一起玩。可是没过多久，他就不得不想别的事情了。一篇关于他的报道刊载在了第二天早上的《防水公报》上，那是用上好的防水纸印刷、专门为惩恶仙女提供的，她每天早晨都会仔细阅读新闻，尤其是涉警事件。报道的内容你很快就会听说的。

那天，汤姆顺着岩石在五六米深的水里游着，边游边看鳕鱼捕食海虾，看濑鱼连壳带肉地吞食岩石上的藤壶。就在这时，他看到了一只用绿藤条编的圆笼子，而笼子里，竟然坐着他的龙虾朋友，龙虾看起来有些惨，晃动着长须。

“怎么？是不是因为你太顽皮，被人家关起来了？”汤姆问它。

龙虾对这种想法有些生气，但它此刻非常沮丧，也懒得分辩，只是简单地回答说：“我出不去了。”

“你为什么进去呢？”

“我看到那片可恶的死鱼肉，不知不觉就进来了。”它在笼子外面的时候，可是觉得这鱼肉又香又好，其实对于龙虾来说，那鱼肉确实又香又好，它这会儿转而诋毁鱼肉，不过是在发泄它自己的怒气。

“你从哪儿进去的呀？”

“从上面那个圆口进来的。”

“那你为什么不从那里出来呀？”

“因为我出不去嘛。”龙虾把两只触须晃动得更加厉害，但它不得不老老实实地承认。

“我上跳下跳，左跳右跳，至少跳了四千次了，还是跳不出去。我每次都跳到顶上，却找不到那个出口。”

汤姆看了看笼子，他可比龙虾聪明多了，一眼就看出了是怎么回事。就像你看一看捕龙虾的笼子就能明白一样。

“你先停一下，”汤姆说，“你把尾巴竖起来朝着我，我把你倒拖出去，那样你就不会被扎到了。”

可是龙虾又呆又笨，连笼子口都找不到。它跟许多猎狐者一样，在自己的本土非常敏锐，但一离开本土，就变得没头没脑的。这只龙虾就是这样，它居然连自己的尾巴都找不到了。

汤姆爬到洞口，把手伸下去拉它，好不容易够着了龙虾的尾巴。可是，不出我们所料，蠢笨的龙虾反而把汤姆也一个倒栽葱拖进了笼子里。

“哎呀！看你干的好事，”汤姆说，“好了，快用你的大钳子把这些藤尖夹断，咱们俩就都容易出去了。”

“天哪，我怎么没想到呢，”龙虾恍然大悟地说，“我可是有很多生活经验呢。”

你看到了吧，不管是人还是龙虾，只有生活经验是没什么用的，必须要有足够的智慧把生活经验运用起来才行。因为有很多人，像波洛尼厄斯，他们有全世界的见识，但仍然比小孩强不了多少。

但是，藤尖还没有夹断一半，他们就看见一大片乌云罩在他们上方。他们抬头一看，哎哟，原来是水獭。

水獭看见汤姆，高兴得嘴一咧一咧的。“嘿！”它开口说，“你这个多管闲事的可恶家伙，我可算逮到你了！你告诉鲑鱼我在那儿，今天我要跟你算这笔老账！”它爬上笼子，准备钻进去。

汤姆听了害怕极了，后来见水獭找到了虾笼口，龇牙瞪眼地使劲往里挤的时候，汤姆就更加害怕了。但水獭刚把头钻进笼子里，就被勇猛的龙虾先生一下钳住了鼻子，紧紧夹着不放。

这下，他们三个全掉进了笼子里，扭成一团，滚来滚去，把笼子塞得满满的。龙虾夹着水獭，水獭厮打着龙虾，汤姆被它们挤过来挤过去，差点挤断了气。要不是最后他总算骑到了水獭背上，安然无恙地逃出了笼子，后果真是不堪设想。

汤姆终于逃了出来，真是开心啊。但他绝不会丢下救了自己性命的朋友不管，他等到龙虾的尾巴竖到最高的时候，一把把它拉住，使劲把它拉了出来。

龙虾还死夹着水獭不肯放开。

“出来吧，”汤姆说，“你没看到它已经死了吗？”确实，水獭真的已经死了。

狠毒的水獭就这样丢了性命。

但是龙虾还是不肯放开它。

“快走啊，你这个死脑筋。”汤姆都要急哭了，“再不走渔夫就要把你捉住了！”汤姆说的是真话，因为他感觉到上面有人正在把虾笼往上提。

而龙虾还是死死夹着水獭不肯放开。

汤姆眼看着笼子被渔夫提到了船舷边，心想龙虾这下准完了。没想到，龙虾先生一看到渔夫，猛地一挣，挣出了笼子，逃出了渔夫的掌心，安全地回到了海里。只是，它把那只长着瘤节的螯留在了笼子里，因为它这个笨脑筋完全不懂得该放手时须放手，所以它以为只有把自己的螯甩掉才能逃命。它这样做确实太愚鲁，不过，你要知道这只龙虾可是爱尔兰龙虾，是在贝尔法斯特湖口的马吉岛岸边出生的爱尔兰龙虾。

汤姆问龙虾为什么想不到要放手。龙虾凛然地说，它们龙虾认为这种事事关荣誉。它说的也对，普利茅斯的市长就曾经为此付出了沉重的代价——当然，这都是八九百年前的事情了。如果这件事发生在最近，那就要说得客气一些了。

有一天，市长穿着华丽的毛皮大衣，脖子上戴着金链子，不耐烦地坐在硬椅子上听着一个接一个的警察进来聒噪："天还这么早，我们该拿那个喝醉的水手怎么办？"市长每次都是同样的回答："天还这么早，先把他关到圆房子里等他清醒过来吧。"

等到事务终于处理完了，他立刻跳起身，和下属职员一起玩起跳蛙游戏，跳到最后衣服上的纽扣都跳掉了好几颗。跳完之后，他用了午餐，衣服上的纽扣又绷掉了几颗。饭后，他说："现在退潮了，我下午要去砍刺山柑。"

他说的砍刺山柑，可不是你吃煮羊肉时吃的那种刺山柑。他这句话是有典故的：当年驻扎在瓦莱塔的炮兵部队指挥官砍刺山柑取乐，还在一个碉堡上贴了这么一则告示："此地除我之外不许任何人砍刺山柑。"此举给了港口的海军低等军官和当地的马耳他人极大的启发。

所以呢，市长说去砍刺山柑的意思就是要像那些学生一样，出去找个乐子玩上一下午，用铁钩去捉几只龙虾。

于是他就去麦韦斯托内岛捉龙虾去了。他在岩石上找到一个极佳的石缝，高兴得忘了使用铁钩，立即把手伸了进去。那时正巧龙虾先生在家，一下子夹住了市长的手指头，死夹着不放。

“哎哟！”市长大叫了一声，用力想把手抽回来，可是他越是往外抽，龙虾夹得就越紧，最后他只好停下不动了。

他想用另一只手把铁钩伸下去，但是石缝太窄了。

他又试着把手抽出来，可是那种疼痛让他难以忍受。

他只好大声呼救。但是防浪堤里面除了军舰，一个人也没有。

他的脸色开始变得苍白，因为已经开始涨潮了，而龙虾还是死夹着他不放。

他的脸色已经变得煞白，因为潮水已经涨到了他的膝盖，而龙虾仍旧死夹着他不放。

他想砍断自己的手指，可是做这件事需要两样东西——勇气和刀子，而他一样也没有。

他的脸色已经变得蜡黄，因为潮水已经涨到了他的腰部，而龙虾仍旧死夹着他不放。

他回忆起自己干过的所有调皮事：他往糖里放过沙子，往茶叶里掺过野李叶子，往糖浆里兑过水，往烟草里加过盐（因为他兄弟是造啤酒的，帮助自家人是做人的本分）。

他的脸色已经变得铁青，因为潮水已经涨到了他的胸口，而龙虾仍旧死夹着他不放。

接下来，我相信他一定虔诚地忏悔了他所干过的所有调皮事，并发誓说要弥补自己的罪过，很多人都是这样的，知道自己已经没有机会弥补的时候才会这么说，因为他们觉得这样很划算。但是手拿桦树条的老仙女很快就会让他们感觉到幻灭。

他的脸色已经变得说不出是什么颜色，眼睛往上翻着，就像被雷声吓呆了的鸭子一样。因为潮水已经涨到了他的下巴，而龙虾仍旧死夹着他不放。

后来，军舰上的一艘小船来到了麦韦斯托内岛附近，看到市长的脑袋在水面上露着。有人说那是一桶白兰地，有人说那是个椰子，有人说那是浮标，有人说那是潜水的黑人，打算朝他开枪，这对市长来说可不是好事。但就在那时，那东西的中央的大口发出了一声呼救声，船上的带队军官这下猜到了那到底是什么东西，下令全速朝那里靠近。最后，不知是谁用了什么办法总算把龙虾拨拉开了，救出了市长，在巴比肯把他送上了岸。从那以后，他再也没去捉过龙虾。我们也希望他没再往烟草里加盐，甚至没再卖过他兄弟制造的啤酒。

这就是普利茅斯市长的故事，这个故事有两个优点——第一，这是真人真事；第二，这故事没有任何寓意（虽然人们都说好故事应该有寓意）。事实上，这本书的任何部分都没有寓意，因为这是童话故事。

接下来，汤姆遇到了最幸福的事。他离开龙虾不到五分钟，就遇见了一个水孩子。

那真的是一个活生生的水孩子，正坐在白沙上，忙着摆弄些小石子。他见到汤姆时，盯着汤姆看了一会儿，开心地说：“呀，你不是我们一起的，你是个新来的孩子！太好了！”

他朝汤姆跑过去，汤姆也朝他跑过去，他们拥抱在一起，亲吻着，好像永远都不想分开，他们自己也不知道为什么会这样。但是在水底世界里，很多事是不需要解释的。

后来，汤姆终于开口问道：“哦，这些天你们都在哪儿？我找了你们好久好久，我好孤单。”

“我们在这里好多天了。这片岩石附近住着我们好几百个人呢。我们每天晚上回家前都会唱歌嬉闹，你怎么没看见我们，也没听到我们的声音呢？”

汤姆又仔细看了看那个水孩子，不解地说：

“咦，真是奇怪啊！我反反复复见过很多次像你们这样的，可是我一直以为你们是贝壳，或者其他海洋生物。我从来没有当你们是和我一样的水孩子。”

你说怪不怪？这真的是太奇怪了，你一定也很想知道这是怎么回事，为什么一直等到汤姆从虾笼里救出龙虾，才找到水孩子呢？你如果把这个故事读上九遍，自己再想一想，你就会明白了。把什么事情都告诉小孩子，而不迫使他们自己开动脑筋，对孩子们是没什么好处的。那样的话，他们就会像达尔斯谟博士著名的郊区贵族学校里那些游手好闲的新贵公子哥儿一样，老师讲课，学生只是听听——这样倒是省了许多眼前的麻烦。

“来，”那孩子说，“你来帮帮我吧。不然我就没办法在我哥哥姐姐回来之前做完了。他们这会儿该回来了。”

“我该怎么帮你呢？”

“你看这块小石头。上次刮暴风的时候，一块笨重的大石头滚落下来，把这块小石头的头砸掉了，把这上面的小花儿也全都蹭掉了，我要在上面种上海草、珊瑚和海葵，把它变成海岸上最最美丽的岩石花园。”

于是，他们俩开始一起打理那块石头，在上面种了花草，又把四周的沙铺平。他们做得非常开心，一直忙到涨潮时分。这时，汤姆听到其他水孩子全都回来了，他们笑着、唱着、叫着、追逐着，他们喧闹的声音很像海浪的声音。这下他才明白，其实自己一直都在看着水孩子，听着水孩子的声音，只是没有认出他们，因为他的眼睛和耳朵都还被蒙蔽着。

一群又一群的水孩子回来了，有的比汤姆大，有的比汤姆小，都穿着整洁的白色浴衣。他们发现汤姆是个新来的水孩子，都过来和他搂抱、亲吻，把他围在中间，在沙滩上跳起舞来。可怜的小汤姆此时变成了世界上最幸福的人。

“可是现在，”他们齐声喊道，“我们得回家了，我们得回家了，不然潮水会把我们留在这里干枯掉。我们已经修好了所有断掉的海草，已经整理好了所有的岩石池，已经把所有的贝壳又放回了沙滩上，这下谁也看不出上星期那场残暴的大风留下的痕迹了。”

这就是为什么那些岩石池总是那么整洁。因为每次大风暴过后，水孩子们就会跑到岸上来清理和归整，让它们重新恢复平整干净。

但有些地方水孩子们是不会去的——有的地方，人们浪费成风，又不讲卫生，把什么东西都扔进下水道排进海里，而不是像勤俭的人们那样把废物撒在田里；有的地方，人们把鲱鱼头或者死鲛鱼或者别的废弃物丢在水里；有的地方，人们把干净的海岸弄得乱七八糟。这些地方水孩子们是不会去的，有时候几百年都不去一次（因为他们受不了肮脏和恶臭的东西），他们会让海葵和螃蟹去清理，一直等到爱干净的大海用柔软的泥巴和干净的细沙把所有肮脏的东西全都遮盖起来，把人类的垃圾全都清理掉，水孩子们才会回到那里，在那里埋下活的海扇、海螺、牡蛎、海鼠和皇冠贝，把海岸重新变成生机勃勃的美丽花园。所以，我想，之所以我去过的海边都没有水孩子，就是这个缘故。

水孩子的家到底在哪里呢？就在圣布朗丹仙岛。

你没听说过善良的圣布朗丹吗？没听说过他和其他五个隐士怎样在荒凉偏僻的科里海岸向野蛮的爱尔兰人布道，直到精疲力竭吗？可是那些人根本不听他们说的话，既不肯忏悔也不做弥撒，他们更热衷于酿酒、跳粗俗的舞蹈、相互用木棍打脑袋、相互躲在草坡后面放冷枪、相互偷别人家的牲畜、相互放火烧掉别人家的房子。最后，圣布朗丹和他的朋友们终于对他们不抱任何希望了，因为他们根本不听布道。

圣布朗丹走出古老的邓莫尔城，看着远处的怒潮咆哮着冲过布莱斯奎兹，汇入辽阔的大海。他长叹一声：“唉，如果我像鸽子一样有双翅膀多好！”夕阳将落的时候，他远远看见一片蔚蓝的仙海，还有金色的仙岛。他想：“那才是上帝保佑的地方。”于是他和他的朋友就乘了一条小船，一直向西驶去，从此杳无音讯。那些不愿意听他布道的人们后来都变成了暴徒，直到今天，他们仍然是暴徒。

圣布朗丹和那五位隐士来到仙岛，发现岛上遍地生长着杉树，到处是各种美丽的禽鸟。他在杉树下坐下，对着天空中所有的鸟儿布道。鸟儿们非常喜欢他说的那些话，就把这个消息带给了海里的鱼儿。鱼儿们游过来，布朗丹也向鱼儿们布道。鱼儿又把这个消息告诉了住在岛下石洞里的水孩子。每到礼拜天，都有成百个水孩子去听布朗丹布道，布朗丹就这样有了一个小小的礼拜天学校。他在那里教导了水孩子们好几百年，直到他的眼睛花得看不见东西了，胡子长得他生怕把自己绊倒而不敢走路了，他才和那五位隐士一起在杉树下睡去，一直睡到现在还没醒来呢。仙女们都喜欢水孩子，她们亲自教导他们。

有人说圣布朗丹还会醒来继续教导水孩子，也有人说他还要继续睡下去，不论怎样也要睡到世界末日来临的时候。据水手们说，在宁静晴朗的夏天傍晚，太阳落海的时候，在遥远的西方，在金色的云山云海间，在蔚蓝的天之际，依然能够看到圣布朗丹仙岛。

不管人们是不是能够看到，总之圣布朗丹仙岛确实存在过。那片土地本来是在海平面以上的，渐渐地下沉、下沉、下沉到了海浪之下。老柏拉图称之为亚特兰蒂斯，还讲了好多有关那里有智慧的人的奇闻逸事以及他们参加过的古代战争。岛上有许多珍稀的花儿——有欧石南，有科尼什金钱草，有雅致的铁线蕨，有遍布科里山的虎耳草，有粉红色的德文郡小捕虫堇，有蓝色的爱尔兰大捕虫堇，有康内马拉石南，有在土耳其瀑布旁生长的毛蕨，还有很多其他稀奇的植物，这些仙迹都是有智慧的人和好孩子离开圣布朗丹仙岛时留下的。

汤姆来到圣布朗丹仙岛之后，发现这座岛竟然是坐落在许许多多的柱子上的，仙岛底部到处都是洞穴。有些柱子是黑色的玄武岩，像斯塔法岛的岩石；有些柱子是红绿相间的蛇纹岩，像凯南斯海湾的岩石；有些柱子是像裹着红色、白色、黄色的缎带一样的砂岩，像利维米德的砂岩。那些岩洞有的是像卡布里岛那样的青岩洞；有的是像阿德尔斯堡那样的白岩洞。岩洞壁上挂满了红的、绿的、紫的、褐的水藻。岩洞里铺着细软的白沙，那是水孩子们晚上睡觉的地方。而且，为了让那里保持清洁宜人，螃蟹们会像猴子一样把地上的碎屑捡起来吃掉。此外，岩石上还住着成千上万的海葵、珊瑚、石蚕，它们整天都在净化海水，保持海水的清澈宜人。不过，虽然它们干得是脏活儿，但它们并不会像扫烟囱的人和清洁工那样，把自己弄得又黑又脏。不，仙女们可比世人要体贴和公正，她们给这些海葵、珊瑚、石蚕穿上色彩和图案最美丽的衣裳，把它们打扮得就像五彩缤纷的花田似的。如果你认为我在胡说八道，那我要告诉你，我说的都是事实。一位名叫傅里叶的老先生曾经说过，我们也应当去做一做扫烟囱的人和清洁工所做的工作，我们应该向他们致敬而不是看不起他们。他真是一位非常有智慧的老先生，遗憾的是他过于狂热。

在圣布朗丹仙岛上，夜里是用不着看守或警察来防止不法事情发生的，因为那里有数不清的水蛇。这些水蛇可是最凶猛的动物。它们都是以海神的女儿们的名字命名的，海神的女儿们就是照顾它们的海中仙女，例如欧里刻、波吕诺厄、菲罗朵丝、普萨玛忒，等等，她们簇拥在海神夫人安菲特律特和她的螺壳马车周围。仙后乘着嵌有贝壳的玉鸾，周围经常有许多美女环绕着她。水蛇们穿的法兰绒外衣有绿色的、有黑色的、有紫色的，全都做成环形。有的水蛇有三百个大脑，想必它们一定曾经是异常机警的侦探家；有的水蛇尾巴上长着眼睛；有的水蛇每一个骨节上都长着眼睛，所以对周围的情况有非常敏锐的观察力。它们要生小蛇时，就在尾巴上生出一个来，等到小蛇能照顾自己的时候，就从尾巴上脱开，所以它们的家族繁衍起来非常便利。如果有坏蛋在仙岛上走过，这些水蛇就会冲上去，每一条水蛇都有好几百只脚，每一只脚下都有一座兵器铺：镰刀、标枪、钩镰、叉、镐、斧、刺刀、匕首、折叠刀、长柄斧、剑、鱼叉、马刀、锥子、亚特坎弯刀、暗器、长矛、螺丝锥、崮卡剑、钉子、扦子、针，等等。它们用这些武器，又是扎、又是掷、又是戳、又是抓、又是划、又是钻，把那些来犯者折磨得痛不欲生、抱头鼠窜，否则他们就会被切成碎块吃掉。如果这些话有一个字是假的，那就是对显微镜的不信任，林奈学会也就存在不下去了。

岛上的水孩子成千上万，别说汤姆数不清，就连你也数不清呢。在那里，善良的仙女疼爱所有的孩子。所有没有得到父母疼爱的孩子，所有没受过教育而野蛮成长的孩子，所有因为被虐待、遗弃、漠视而悲伤的孩子，所有小时候被盖得太厚，或者给喂了松子酒，或者喝了热水壶里的烫水，或者掉进了火里的孩子，所有死在陋巷、大院或破屋里的孩子（他们死于发烧、霍乱、麻疹、猩红热和其他本不该得的恶疾，等将来人们都有了常识，就谁都不会得这种病了），所有被狠心的主人和凶残的士兵杀死的孩子，刚才提到的所有这些孩子全都在那里。当然，被凶残的希律王杀死的伯利恒婴儿[①]除外，因为我们都知道，他们直接被带进了天堂，我们称他们为圣婴。

汤姆现在有了很多伙伴和他一起玩，要是他不再那么顽皮，不再欺负那些不会说话的动物该多好。然而，遗憾的是他仍旧总找小动物们的麻烦，只有水蛇他不敢去碰，因为水蛇可容不得他胡闹。他挠石蚕的痒，吓得它们缩起来；他吓唬螃蟹，逼得它们躲进沙子，只敢露出眼睛偷偷看着他；他把石子塞进海葵嘴里，海葵以为那是送上门的晚餐呢。

其他水孩子警告汤姆说："小心你做的事。惩恶仙

---

① 圣经故事，讲的是大希律王为了将耶稣扼杀在襁褓中，屠杀了全城两岁以内的所有男婴。

女很快就要来了。”可是汤姆从来不听从他们的劝告，仍旧兴致勃勃地一味胡闹，但他运气很好，一直没有被惩恶仙女抓到。直到有个星期五的清早，惩恶仙女果真来了。

她是个大块头的女人，孩子们一看见她，立刻站成了一排，身子挺得笔直，把浴衣抚得平平整整，双手放在身后，就像要接受检阅似的。

她戴着一顶黑帽子，披着一条黑披肩，没有穿硬衬裙，戴着一副很大的绿眼镜，长着一个大鹰钩鼻子，鼻梁比眉毛高出许多，她的腋下夹着一根桦树条。她长得真丑啊，汤姆很想朝她做鬼脸，但是他忍住了，因为他可不喜欢她腋下那根桦树条。

她挨个儿打量着孩子们，好像对他们很满意，虽然她并没有问一句他们都干了什么。她开始把各式各样的海货分给孩子们，有海饼、海苹果、海橘子、海产牛眼糖、海产太妃糖等。她还发给最好的孩子海产冰激凌，这种冰激凌是用海奶牛产的奶油做成的，在水里不会融化。

如果你对我说的这些话不太相信，那就想想看——

还有什么东西比海石头更多更便宜呢？那为什么不会有海太妃糖呢？如果在退潮的时候去找一找，谁都能找得到海柠檬（而且已经切成了四瓣）；有时候还能找到成串的海葡萄。而且，如果你去尼斯，就会发现那里的海鲜市场里到处都是他们称之为“海果”的海产水果。我猜他们现在称之为“海鲜”，是出于对最成功，因而最完美最有权势的那个人的恭维，他好像很渴望能够继承赐给搬开邻国国界的先人们的祝福。而且很可能正是这个原因，那地方才取名叫尼斯（Nice)，因为那片海域里有那么多好东西。如果并不是这个原因，那至少也应该是。

汤姆眼看着那么多好吃的东西都被分完了，馋得他口水都流出来了，眼睛瞪得像猫头鹰眼睛一样圆，因为他在盼望着轮到自己。后来终于轮到他了。仙女把他叫到跟前，伸出手来，她用手指捏着一样东西，一下塞进了汤姆嘴里。哎呀，没想到竟然是一颗又脏又冷又硬的石子。

“你是个狠心的女人。”汤姆说着大哭起来。

“你也是个狠心的孩子。是谁把石子塞在海葵的嘴里，让它们还以为是得了一顿好饭！因为你这样对待它们，所以我就这样对待你。”

“这是谁告诉你的？”汤姆问。

“你自己告诉我的，就是现在。”

可是汤姆刚才根本没开口，所以他觉得非常奇怪。

“就是这样。每个人都在不知不觉中就把自己做过的坏事原原本本地告诉我了，所以想瞒我是没有用的。好了，从现在开始做个好孩子吧，只要你不再把石子放在别的动物嘴里，我就不再把石子放在你嘴里。”

“我以前没想过这样会伤害别人。”汤姆羞愧地说。

“那么你现在知道了。人们总是跟我说这样的话，可是我告诉他们：如果你不知道火会烧伤人，这也不能作为它不能烧伤你的理由；如果你不知道肮脏会引起发烧，那也不能作为高烧不能让你丧命的理由。那只龙虾也不知道钻进虾笼里有危险，可它还是照样被虾笼困住了。”

“天哪，”汤姆想，“她什么事都知道！”她的确什么都知道，真的。

“所以，如果你不知道自己做了错事，这也不能成

为你不该为此受到惩罚的原因。不过不像你明知故犯该受的惩罚那么重罢了，小家伙。”（仙女看上去竟然很慈祥）

“就算是这样，你对一个穷孩子还是有点儿严厉。”汤姆说。

“不是的。我将是你一生最好的朋友，不过我要告诉你，一发现有人做坏事，我就忍不住要责罚他们。我也跟他们一样，并不愿意那样做。我经常对那些可怜的人非常非常同情，但是我必须那样做。就算我想不那样做，我也还是照做。因为我是被动的，我就像机器一样，里面装满了轮子和弹簧，我被拧紧了发条，所以自己也不能做主。”

“你被拧紧发条很久了吗？”汤姆问。这个狡猾的小家伙心想：“她总会在某一天停下来的，或者人家会忘记给她上发条，老格莱姆斯就经常从酒馆回家之后忘记给他的手表上发条。到那时候我就安全了。”

“我是一次性上足发条，就永远不需要再上了。我已经不记得是什么时候上的发条了，时间太久了。”

“天哪，”汤姆说，“你一定被造出来很久很久了！”

“我不是被造出来的，孩子。而且我会一直一直工作下去，因为我和永生同样老，又和时间一样年轻。”

惩恶仙女的脸上现出一种非常奇怪的表情：很庄严，又很忧郁，却又非常非常美。她抬起头望着远方，像是能够看穿大海，看穿天空，看到很远很远的东西。当她这样望着时，她脸上浮现出一种宁静、温柔、耐心和充满希望的笑容，这一刻，汤姆觉得她一点儿都不丑。她的确不丑。因为她就像很多没有漂亮的容貌却很可爱的人们一样，能很快拉近孩子们的心。就像一座房子，虽然房子非常简陋，窗子里面却有一个美丽善良的灵魂向外张望。汤姆看着她的脸笑了，觉得她此时是那么好看。惩恶仙女也笑了，她对汤姆说：“呵呵，你刚才觉得我很丑，是不是？”

汤姆垂下了头，脸一直红到耳朵根儿。

“我的确很丑。我是世界上最丑的仙女。我一直都会是最丑的，直到人们完全能够自律，到那个时候，我就会变得跟我妹妹一样美丽。我妹妹叫抚慰仙女，是世界上最美的仙女。所以我们两个是互相接替着工作的，我走的时候她就来，她走的时候我就来。你将来就会明白了，得不到她的祝福的，就要受到我的惩罚。现在大家都散去吧，汤姆留下。让他留下来看看我要做的事，在他入学之前了解了解，对他会是个很好的警告呢。

“现在我告诉你，汤姆，每个星期五我都把虐待儿童的人叫来，他们怎样虐待儿童，我就怎样对付他们。”

汤姆听了这话很害怕，就钻到一块石头下面去了。这让住在那里的两只螃蟹很生气，而且把螃蟹的朋友鲳鱼吓得发疯般地又蹦又跳。即使这样，汤姆也没有让开。

汤姆看到惩恶仙女先把那些给孩子们服过量药的医生叫了来（这些医生大多数是上了年纪的老医生，因为年轻的医生懂得比较多，当然，少数军医除外，他们以为婴儿体内的器官和苏格兰炮兵的都一样呢），让他们站成一排。医生们看起来都愁眉苦脸的，因为他们都知道等着他们的是什么。

惩恶仙女先把他们的牙齿全都拔掉，又把他们划得浑身是血；然后让他们服用轻粉、泻药、盐、番泻叶、硫黄、糖浆，他们脸上的表情一个个痛苦不堪。然后她又给他们服下大剂量的芥末水，而且不给他们脸盆。然后又从头再来一遍。那一早晨的时间她就是这么打发掉的。

惩恶仙女又叫来一群给自己的女儿们缠足束腰的愚蠢女人，先给她们穿上很紧的束胸衣，勒得她们透不过气来，憋得鼻子通红，手脚肿胀；然后又把她们的脚塞进挤得吓人的小靴子里，叫她们穿着靴子跳舞，弄得她们苦不堪言。她问她们是不是喜欢这样，她们说一点儿都不喜欢，她才放她们走。因为她们那样做不过是愚蠢地赶时髦，以为那是为了孩子们好，好像蜂腰和猪蹄好看、健康，对人有什么好处似的。

惩恶仙女又把所有粗心大意的保姆叫来，在她们身上遍体插上针，又把她们放在婴儿车里，用带子绑住身子，头和胳膊垂在车外两侧，就这样推着她们走来走去，弄得她们头晕恶心，神志恍惚，这样子本来会把她们晒病的，但现在因为是在水里，所以只会把她们淹病罢了。不过，我敢说，那也一样难受，你到水车底下去坐一会儿就明白了。如果你不信，可以去风磨的轮子下面坐坐，你就会领略到一些滋味。你记着，有时候你会听到从海底传来隆隆的声音，水手们会告诉你那是海底地隆现象，你现在应该明白究竟是怎么回事了吧？那是惩恶仙女用婴儿车推着粗心的保姆们在走来走去。

这时，惩恶仙女感到很累，只好去吃午饭。

吃完午饭，她又接着工作了。她把所有冷酷的中小学教师都叫了来——那样的教师都够组成一支军队了。她一见到他们，就紧皱起眉头，立即着手工作起来，好像这一天最精彩的部分就要开始了。这些教师里有一半以上都是蓬头垢面、龌龊卑鄙、脏心烂肺的老和尚，这些人因为不敢打那些和他们一样大的大人，就以打小孩子为乐。从那幅教皇格里高利（他是个好人，在摆弄他懂的东西的时候确实是个好人）的图画里就可以看到，他教孩子们唱“fa-fa-mi-fa”的时候，椅子下面总放着一条九尾鞭。因为他们自己没有孩子，就以为（现在的人们有些也这样认为）他们才是世界上最会管教孩子的人。他们先是在古老的盎格鲁－撒克逊时代，把惩治爱好自由的男孩女孩的时髦方式带到英国，那种方式比惩治狗和马的方式还要凶残。不过，惩恶仙女早早把他们捉住了，叫他们好好尝了尝他们的鞭子是什么滋味。那件事大概使他们受益不少。

接着，她又扇他们耳光，敲他们的耳朵，用戒尺打他们的头，用藤条抽他们的手心，骂他们撒谎，骂他们是这样那样的坏人。他们越是气愤，越是想维护自己的名誉，越是辩白自己没有说谎，她就越坚称他们说的不是事实，全是谎话。最后，她用她那根桦树条把他们浑身上下狠狠地打了一顿，还罚他们在她下个星期五回来之前，背会三十万行希伯来文的诗。这下他们全都放声哀号起来，他们哀号时吐出的气升出了海面，就像苏打水冒出的气泡，这就是海水里会有气泡的一个原因。当然，也还有别的原因，只是这个原因是和小孩们的关系最为密切的一个。这时候，惩恶仙女已经很累了，也乐得休息一下。而且，她这一天做的工作已经够多的了。

汤姆对这位老仙女倒是不太讨厌，但他总觉得她的手段太狠了点儿——这也怪不得她，老仙女也挺可怜的，因为她要等到所有的人都只做他们该做的事，她才能变美丽，那她还要等很久很久呢。

惩恶仙女好可怜！她面前还有一大堆艰难的工作要做呢。她宁愿自己生来就是一个洗衣妇，成天守着一个洗衣盆。不过你知道，人们常常并不能随意选择自己的职业啊。

汤姆很想问她一个问题。毕竟，她每次看着他的时候，好像也并不生气，甚至还时而露出点古怪的笑容，而且她暗自发笑的样子，也给了汤姆勇气，于是他鼓足勇气开口说:“嬷嬷，我可以问你一个问题吗？”

“当然可以，孩子。”

“你为什么不把那些狠心的师傅也都叫来惩罚一下呢？比如煤矿里抽打小矿工的监工，还有凿学徒的鼻子、砸学徒手指头的打铁匠，还有所有扫烟囱的师傅，比如我的师傅格莱姆斯。很久以前，我看见他掉进水里了，所以我总是以为他一定也来了这里。我敢说他对我真的很坏。”

老仙女的脸色变得严肃起来，汤姆很害怕，后悔自己胆子太大。可是她并没生他的气。她只是回答说:“我整个星期都看守着他们，他们待的地方和这里很不同，因为他们明明知道自己在干坏事。”

她说得很平静，可是她的声音里有一种东西，让汤姆感到从头到脚一阵刺痛，就像掉进长满海荨麻的草丛里一样。

“但是你看到的这些人，”她接着说，“他们并不知道自己做的是错事，他们不过是愚蠢和缺乏耐心罢了，所以我只是惩罚他们一下，让他们变得有耐心些，教他们像个有理性的人一样学会运用常识。至于那些扫烟囱的孩子、小矿工和铁匠的学徒，我妹妹已经派了很多好人去阻止那些残忍的事情了。我非常感激她，因为如果她能阻止那些残忍的师傅们虐待苦孩子们，我至少能够提前一千年变得美丽呢，所以，你一定要做个好孩子，你想要别人怎样对待你，你就应该怎样对待别人。那些人就没有做到这一点。如果你做到了，等到星期天我妹妹抚慰仙女来的时候，她也许就会注意到你，还会教你该怎么做。那些事她比我懂得多。”说完她就走了。

汤姆听说不可能再碰见格莱姆斯，心里很高兴。不过，想起他有时候也把剩下的啤酒给自己喝，心里又有一点儿替他难过。他决心星期六一整天都做个好孩子。他真的做到了，他连一只螃蟹都没吓唬过，也没去搔活珊瑚的痒，也没把石子放在海葵嘴里让它们以为是美味的晚餐。到了星期天早晨，抚慰仙女果然来了。孩子们一见到她，全都又是拍手又是跳，汤姆也使劲地跟着跳。

说到这位美丽的仙女，我说不出她的头发和眼睛是什么颜色，汤姆也说不出。因为任何人看到她的时候，所能想到的仅仅是：她的脸庞是他们所看见过的，或者想要看见的最美、最善良、最温柔、最有趣、最快乐的模样。不过汤姆看得出她是个身材很高的女人，跟她姐姐一样高。只是不像她姐姐那样皮肤粗糙、疙里疙瘩，头发乱蓬蓬的，她是照料过小孩子的人当中最好看、最温柔、皮肤最细腻最光滑、最有魅力、最惹人疼爱、最优雅的女人。而且她非常了解小孩子，因为她自己就有许多小孩，一大群一大群的小孩，直到今天还有。她最大的快乐就是一有空就跟孩子们玩。跟孩子们玩的时候，她浑身都散发着女人的魅力。因为孩子是世界上最好的陪伴，也是最令人愉悦的伙伴。至少，世界上最聪明的人都是这么认为的。所以，孩子们一看见她，就会自然而然地拽着她，把她拉到石头上坐下，爬到她的膝上，搂住她的脖子，牵着她的手，他们都把拇指放在自己的嘴里，像许多小猫一样喵喵地撒娇叫着，小孩子本来就该这样。那些挤不到跟前去的孩子，就挨着她的脚坐在沙地上。当然，在水里是没有人穿鞋子的，除非是那些洗海水浴的老妈妈，因为她们害怕水孩子扎她们长鸡眼的脚趾。汤姆站在那里看着，因为他不懂那是怎么回事。

“你是谁呀，你这个小可爱？”抚慰仙女问汤姆。

“哦，他是个新来的孩子！”孩子们把拇指从嘴里抽出来，齐声说，“他从来都没有妈妈。”说完，他们又都把拇指放进嘴里，不舍得耽误一点儿工夫。

“那么我就来做他的妈妈吧，让他待在最好的地方。你们都散开吧，现在都散开吧。”

她举起两胳膊孩子——一只胳臂下面有九百个，另一只胳臂下面有一千三百个——把他们朝左右两边甩进了水里，但他们对此满不在乎，就像《蓬蓬头彼得》里淘气的孩子丝毫不在乎被圣尼古拉斯泡在墨水里一样。他们甚至都没有把拇指从嘴里拿出来，而且又都摇摇摆摆地朝她身边游回来，就像许多小蝌蚪，爬得她身上从头到脚全是水孩子，连人影都看不见了。

但她还是把汤姆抱在怀里，把他放在最最柔软的地方，亲吻着他，轻轻拍着他，柔声和他说着话，说着些他有生以来从来没有听过的事情。汤姆抬头望着她的眼睛，他爱上了她，爱上了她，他在这纯洁的爱中陶醉得睡着了。

他醒来的时候，抚慰仙女正在给孩子们讲故事。她讲的是什么故事呢？她讲的那个故事从每一个平安夜开始，永远永远也没有结尾。她讲故事的时候，孩子们都把大拇指从嘴里拿出来，听得津津有味，但是一点儿也不悲伤。因为她从来不给他们讲悲惨的故事。汤姆也一起听她讲故事，而且从没觉得厌烦。他听了很久很久，终于又睡着了。等他醒来时，仙女还在抱着他。

“不要走，”小汤姆说，“这种感觉太好了。我从来没有被人这样爱抚过呢。”

“不要走，”所有的孩子都在说，“你还没有给我们唱歌呢。”

“好吧，我的时间只够唱一支歌儿。唱个什么呢？”

“《你丢的布娃娃》，《你丢的布娃娃》。”孩子们齐声说。

于是这位奇妙的仙女就唱起来：

我曾经有个可爱的布娃娃，亲爱的，
那是世界上最漂亮的布娃娃；

她的脸蛋儿白里透红，亲爱的，
她头发卷曲得那么迷人。
可是我弄丢了我的布娃娃，亲爱的，
那天我在草丛里玩耍；
我为她哭了一个多星期，亲爱的，
却怎么也找不到她在哪里。
我终于找到了我的布娃娃，亲爱的，
那天我又在草丛里玩耍；
人们说她已经变得不成样子，亲爱的，
因为她的色彩已经全被淋掉，
她的胳膊也被奶牛踩断，亲爱的，
她的头发不再有一点儿卷曲——
但是昔日深情无法遗忘，亲爱的，
她依旧是我心中最美的布娃娃。

对一个仙女来说，唱这种歌是多么傻啊！

听这样的歌都那么开心，这些水孩子是多么傻啊！

可是要知道，他们在海底下，是不可能读到《安吉特大婶的辩论》的。

“以后，”抚慰仙女对汤姆说，“你愿不愿意为了我去做一个好孩子，在我回来之前不再欺负海里的动物？”

“那样你就还会抱着我，对吗？”可怜的小汤姆问。

“我当然会的，你这个小宝贝儿。我真愿意一直抱着你、爱抚你，只是我不能。”说完，她走了。

于是汤姆真的努力做起好孩子来了。从那以后，他一生再也没有欺负过海里的小动物。而且，我跟你老实说吧，他现在还活着呢。

啊，那些有慈爱的妈妈爱抚和讲故事的小孩子们都应该做个好孩子，他们应该担忧自己的顽皮会让妈妈美丽的眼睛饱含泪水！

# 第六章

现在我要讲讲这个故事里最悲惨的部分了。我知道，有些人对这种事只会嘲笑，还会说是无事生非、庸人自扰。但我也知道，有一个人不会这样想。他是一个军官，长着两缕像你的胳膊那么长的胡子。有一次他对大家说起，世界上有两种最让人心酸的事，会让他感动得流泪，会叫他总要想办法阻止或补救，那就是小孩子弄坏布娃娃和小孩子偷糖吃。

在座的人都没有嘲笑他，那样做不太合适，因为他的胡子那么长那么白。不过，等他走了之后，他们都说他感情用事，诸如此类的话。只有一位上了年纪的教友派女信徒不这样认为，她的灵魂和她的帽子一样洁白，当然并不会偏袒当兵的，她以一个教友派信徒的语气平静地说："朋友们，我认为这才是一个真正勇敢的人。"

你大概会以为，这下汤姆需要的和想要的东西都有了，他会变得很好了吧。如果你这样想，那就大错特错了。日子过得舒服当然是好事，可它并不能让人变得和善。实际上，这有时候反倒会让人变得不守规矩，就像有些美国人那样。圣经里面讲的那些人也一样，他们就像吃得太多干活太少的马一样，养肥了只会尥蹶子。很遗憾，汤姆就是这样。因为他太喜爱那些牛眼糖和棒棒糖了，他脑子里没有别的，只一心想得到更多的糖果，想着那个神秘仙女什么时候再回来给他一些，会给他哪种，会给他多少，会不会给他的比给别的孩子的多一些。他朝思暮想的全是糖果，你猜后来怎么样了？

他于是开始留心惩恶仙女藏糖果的地方，他偷偷地跟在她后面，装着在看别处或追逐什么东西，或者要去寻找什么东西，后来终于发现，仙女原来把糖果藏在了远处一条深石缝中的一个珍珠母柜子里。

汤姆很想到那个柜子跟前去，可是又不敢去。但是，他想去的欲望越来越强烈，惧怕也就越来越少。后来，因为他心里一直想着这件事，强烈的欲望终于让他完全忘记了害怕。一天夜里，其他孩子全都睡着了，只有汤姆心心念念地惦记着棒棒糖，怎么也睡不着，于是他便悄悄爬过了一块块岩石，找到了那个柜子。多么幸运！柜子竟然是开着的。

但是，看着柜子里的好东西，他感到的不是高兴，而是非常害怕，他多么希望自己没有来。他想，只摸一摸不要紧吧，于是他就摸了一下。他又想，只尝一尝不要紧吧，于是他就尝了一块。尝过之后他又想，只吃一块不要紧吧，于是他就吃了一块。然后，他就这样吃了第二块，第三块……他担心仙女会来抓住他，便狼吞虎咽地吃起来，连那些糖果是什么味道都没吃出来，也没有因为吃到这些而感到开心。后来他已经吃撑了，决定再吃一块就不吃了，吃完那一块，决定再吃一块就不吃了，就这样一块一块吃下去，直到把所有的糖果都吃光了。

其实，惩恶仙女一直都在汤姆身后看着他呢。

可能有人会说，她为什么不把柜子锁上呢？哦，我也觉得有些不合常理，但她确实从来不把柜子锁上。每个人都可以去自行享用，一切咎由自取。这确实很费解，但事实就是那样，她那样做肯定有她的道理，也许她是为了让人们明白不要去碰火，所以要烧他们一下。

惩恶仙女摘下了眼镜，因为她不忍看见得太多。她的心中升起一阵怜悯，眉毛皱得延伸进发际，眼睛睁得那么大，好像要把世界上所有的不幸都吸进去似的，她的眼眶里满是泪水，她常常都是这样的。

可是她只是说：

“唉，你这个可怜的小宝贝，你和别人没有两样。”

不过，她只是在自言自语，所以汤姆并没有听到她说的话，也没有看见她。不过，你可不要因此就认为她心慈手软。如果你以为她会慈悲为怀，我们做了坏事，她也会放过我们，不会忍心惩罚我们，那你就大错特错了。世界上有太多的人，日日年年，都曾这样错想过。

那么，这位古怪的仙女看见汤姆吃光了她的糖果，她会怎么办呢？

她会不会朝汤姆冲过去，从背后抓住他的脖子把他拖出来压在地上，或者推来搡去，打他，戳他，扯他，掐他，捶他，或者把他挤到墙角，摇他，打他耳光，把他放在冰冷的石头上叫他反省……

她并没有这么做。如果你知道在哪儿能找到她，可以去看看她是怎么做的，你会看到她从不那样做。因为她很清楚，如果她那样对付汤姆，汤姆就会连打带踢、连咬带骂，立刻变回野蛮的扫烟囱小孩，就像古时候的以实玛利[①]那样，用他的手打所有的人，所有的人也用手打他。

那她有没有审问他、强迫他、吓唬他、威胁他，逼他招认呢？一点儿也没有。就像我刚才说的，如果你知道在哪儿能找到她，可以去看看她是怎么做的，你会看到她从不那样做。因为如果她那样做，汤姆就会因为害怕而说谎。这样的结果对汤姆来说，比变回扫烟囱的野蛮孩子还要糟糕。

不，这类事情她是不会做的，只有那些急躁的父母和老师们才会那么干，那些人从来不会给孩子们所期待和需要的平等对待，总是用恐吓的办法迫使孩子认错（在法庭上，即使法官审判最坏的小偷和杀人犯，也不敢像那些父母和老师对待犯错的孩子那样残忍和不公，因为那是开明的英国法律所不允许的），甚至用惩罚的办法让孩子认错（这种无异于犯罪的方式现在几乎已经绝迹，只有那不勒斯的法官和国王，还有一些为人所不

---

① 《创世纪》故事里的人物，被认为是阿拉伯人的祖先。

齿的下三滥还在用），而且他们还会振振有词地说："我们本来把孩子教育得走上正途了，只是他长大之后跑偏了。"那为什么所罗门说长大之后不会跑偏呢？恐怕是因为这种责打、逼迫、威吓、审问的方法，并不是孩子的正途吧。因为即使你要驯服一匹小马，这种办法也是行不通的。

或许有些人会说："仙女什么都预先知道了，当然用不着这些办法。"的确，她是预先知道的。不过，即使她不知道，她也一定会像英国法官和陪审团一样，而不会像那些父母和老师。

所以，惩恶仙女对这件事只字未提，甚至到了第二天汤姆和其他孩子一起来领糖果时她也没提。汤姆对这次领糖果感到很害怕，可如果不来领，他会更害怕，怕别人怀疑他。他也非常害怕到时候根本没有糖果（因为早被他吃光了），仙女就难免会问起是谁把糖果拿走了。可是，看哪！她拿出的糖果和以前一样多，这让汤姆非常震惊，他更加害怕了。

等到仙女盯着他的脸看时，汤姆从头到脚都在发抖。但仙女像分给别的孩子一样分给了他一份糖果，汤姆心想，也许她不知道他偷吃了糖果。

可是，他把糖果送进嘴里时，觉得是那么难吃，他觉得身体很难受，就急忙跑开了。接下来的整整一个星期，他都非常不舒服，心情也很郁闷。

到了第二周，他又领到了一份糖果。仙女又盯着他的脸看了一会儿，她的神情更加阴郁了。汤姆真受不了那些糖果，但还是勉强吃了下去。

抚慰仙女来的时候，汤姆也想和其他的孩子一样得到她的抚爱。但她很严肃地说：

“我很愿意抚爱你，可是我没办法呀，你身上那样粗糙多刺。”

汤姆看了看自己的身体，果然浑身长满了尖刺，就像海胆一样。

这是很自然的，因为，你要知道并相信：人们的灵魂决定着他们的身体，就像什么样的蜗牛就长什么壳一样（我不是在开玩笑，亲爱的孩子，我是认真的，非常非常认真）。所以，当汤姆因为顽劣的性格而使灵魂长刺的时候，他的身体也就随之长出刺来，所以也就没有人拥抱他，没有人和他玩耍，甚至没有人愿意看他一眼了。

事到如今，汤姆除了默默走开，躲到角落里去哭泣之外，还能有什么办法呢？因为没有人愿意跟他玩了，而且他自己很清楚这是为什么。

那个星期他过得痛苦极了。当惩恶仙女再次出现，再次面对面盯着他看的时候，她的神情也更加忧郁了。汤姆再也忍不住了，他把糖果扔掉，说："我不要吃糖果了，再也不想吃了，我现在再也受不了糖果了。"他放声大哭起来，哭得那么可怜，他把自己偷糖果的事老老实实地告诉了仙女。

他说完之后，心里非常害怕，以为仙女会狠狠地惩罚他一顿。可是，她反而抱起他亲吻了一下，虽然那滋味并不好受，因为她的下巴很扎人。但因为汤姆的内心是那么孤单，他觉得即使粗糙的亲吻也比没有好。

"我原谅你，小家伙，"仙女说，"不管是谁，只要主动告诉我真相，我都会立刻原谅他们的。"

"那你会把这些讨厌的刺去掉吗？"

"那完全是另外一回事。你自己弄上去的，只有你自己才能把它们去掉。"

“可是我怎么去掉呢？”汤姆问，他又开始哭起来。

“好吧，我想你到了该去上学的时候了，那么我就给你找位老师来，她会教你怎样去掉身上这些刺。”她说完就走了。

一提到老师，汤姆就害怕了。在他想来，老师来的时候一定会带着戒尺或教鞭。不过后来他又自我安慰地想：这位老师也许会像文达尔的那位老妈妈一样——其实完全不一样。后来，仙女把老师带来了，原来，她是个最最美丽的小姑娘，披在脑后的长卷发就像一片金色的云，一袭银色的长裙飘然若仙。

“这就是你的学生，”仙女说，“不管你喜欢不喜欢，都一定要教他学好。”

“我知道。”小姑娘说。看起来有些不太情愿似的，她把自己的指头放在嘴里，低着头偷偷打量着汤姆。汤姆也把手指放在嘴里，低着头偷偷打量着她，他觉得很难为情。

小姑娘好像根本不知道从何教起，要不是汤姆突然大哭起来，求她教自己怎样变好，好去掉身上的刺，她恐怕永远也不会开始呢。汤姆这么一哭，她就心软了，开始用世界上最好的教小孩子的方法教起汤姆来。

小姑娘到底教给了汤姆什么呢？她先从你在母亲的膝头上学会的第一句祈祷开始教起，只不过她教汤姆教得简单得多。因为在他们的世界里，不像这个世界上的功课有那么多难学的字，所以那些水孩子都比你喜欢上学，渴望学到更多的知识。那个世界里的大人也不像这个世界上的大人们那样，为了一个问题纠缠不清、争来吵去，因为那里的问题答案都是清楚明确的，就像奥弗屯题库里的测试题，就像一切生命与真理的永恒基础。

从那以后，除了星期天，小姑娘每天都在教汤姆。星期天她回家的时候，就由好心的仙女来代替她。没过几个星期，汤姆身上的刺就完全不见了，他的皮肤又变得光滑干净了。

“天哪！”小姑娘惊奇地说，“我认出你来了，你就是那个跑到我卧室里去的扫烟囱的小孩呀。”

“天哪！”汤姆也惊奇地说，“我也认出你来了，你就是我看到的那个在床上睡着的白姑娘。”他蹦蹦跳跳地跑到她跟前，本想去拥抱她，亲吻她。可是他没有那样做，因为在他心里，她是那么高贵的姑娘。所以他只是围着她跳啊跳啊，一直跳到自己筋疲力尽。

然后，两人各自讲起自己的经历。汤姆讲了他是怎么落水的，小姑娘讲了她是怎么从石头上摔下去的；汤姆又讲了他是怎样游到海里来的，小姑娘又讲了她是怎样从窗子里飞出来的。他们就这样你一句我一句，把所有经过都讲完之后，又从头讲了一遍，两个人一个比一个讲得快。

讲够了，他们就又开始上课。老师和学生都很喜欢上课，所以相处得非常融洽，就这样不知不觉过了整整七年。

你大概会以为汤姆在这七年里一定过得很满足很快乐吧。然而并不是。事实上，他一直有件大心事：他很纳闷，小爱丽每个星期天都要回家，她到底是去哪里呢？

“去一个非常美丽的地方。”她说。

可是那个美丽的地方到底是什么样子？它又在哪里呢？

啊！这恰恰是她说不清的。这很奇怪，但事实上就是这样，就是没有人能说清，即使最经常去那里的人，离那里最近的人，也完全说不清，让人们一点儿也想象不出它是什么样子的。

“乌有另一端”住着很多很多人（后来汤姆也去了），他们都声称，自己像当过邮差一样对那里的每个地方都了如指掌。不过，因为他们的“乌有另一端”，离这里有九亿九千九百万英里远，所以，他们怎么说都和我们不相干。

但真正去过那里的那些可爱的人、善良的人、聪明的人、优秀的人、有奉献精神的人，好人、圣人、智人、自我牺牲的人，却一点儿也说不清，只是说那是世界上最美丽的地方。越是追问他们，他们就越矜持，一句也不肯多说，生怕被人嘲笑。他们都做得很得体。

所以，善良的小爱丽所能说的也不过是：那里比全世界加起来还要好。听她这样说，汤姆当然就更想去了。

“爱丽小姐，”他终于说，“我想知道，你星期天回家的时候，为什么不能带我一起去呢？如果你不告诉我这是为什么，我心里就总不安宁，也扰得你不安宁。”

“那你就只好去问仙女喽。”

于是，等到惩恶仙女又一次回来的时候，汤姆就去问她了。

“那些只配和海里的小动物玩耍的孩子是不能去的，”仙女回答说，“能去那里的人，要可以去他们不喜欢去的地方，做他们不喜欢做的事，帮助他们不喜欢的人。”

“怎么，爱丽这样做过吗？”

“你问她去。”

爱丽脸红了，她说：“是的，汤姆。我一开始也不喜欢到这儿来。我在家的时候很快乐，那里每天都是星期天。而且我一开始还很怕你，汤姆，因为，因为……”

“因为我浑身都是刺，是吗？可是我现在没有刺了，是不是，爱丽小姐？”

“是啊，”爱丽说，“我现在很喜欢你了，也喜欢到这里来了。”

“也许，”仙女说，“你可以学着像爱丽那样，去一些你不喜欢去的地方，帮助一些你不喜欢的人。”

但汤姆把手指头放在嘴里，低下了头，因为他一点儿也搞不懂这是什么道理。

到了抚慰仙女又来的时候，汤姆就去问她。因为在他心目中，她不像她姐姐那样严厉，也许会给自己一些方便。

哎，汤姆呀，汤姆，你这个傻小子！我真不知道该不该责怪你，虽然许多大人的脑子里也有这样的想法！

而且，他们尝试那么干的时候，结果也和汤姆得到的一样——抚慰仙女的回答和惩恶仙女说的一模一样，一个字也不差。

汤姆对此很沮丧。爱丽星期天回家的时候，他烦恼极了，哭了一整天，仙女给他讲那些关于好孩子的故事，他也没心思听，虽然那些故事比以前讲的还好听。事实上，他对那些故事越来越不爱听了，因为那些故事里的孩子，全都是在做自己不喜欢做的事，替别人做事，自己工作来养活年幼的弟弟妹妹，全都不会只顾自己玩耍。后来，当仙女讲到古代一个圣童因为不肯敬拜偶像而遭异教徒残害的故事时，汤姆终于忍不住，跑到石堆里躲起来了。

爱丽回来的时候，汤姆有些不好意思见她，因为他觉得她会为此看不起他，认为他是个懦夫。他开始生她的气，因为她比自己强，能够做自己不能做的事。可怜的爱丽不明白汤姆为什么这样待她，非常伤心。后来，汤姆放声大哭起来，但他不愿意对她说出自己真正的心事。

由于汤姆太急于知道爱丽到底是去哪儿，强烈的好奇心折磨着他，他开始对自己的伙伴、海底世界和其他所有东西，都不再感兴趣。不过，这对他来说或许反倒是好事，因为他对周围的事物是那么厌倦，已经对这个地方毫无眷恋，也不在乎自己要去哪儿。

"唉，"他终于开口说，"我在这里过得很痛苦，我要走了，你愿不愿意跟我一起走？"

"啊！"爱丽回答说，"我真希望我能跟你走，最糟糕的是，仙女说过，如果你要走的话，只能一个人走。唉，你不要戳那只可怜的螃蟹呀，汤姆（汤姆那时又想淘气了），不然的话，仙女又要惩罚你呢。"

汤姆几乎要脱口而出："她惩罚我，我也不在乎。"不过他还是及时克制住了。

"我知道她想让我做什么，"他悲伤地说，"她想让我去找那个可怕的老格莱姆斯。我不喜欢他，这是千真万确的。如果我找到他，他会再把我变成扫烟囱的小孩，肯定会是这样。这正是我一直害怕的事情。”

“不，他不会的，这一点我很清楚。没有人能够把水孩子变成扫烟囱的，也没有人能够伤害他们，只要他们是好孩子。”

“啊，”顽皮的汤姆说，“我明白你是什么意思了。你一直在劝我走，因为你讨厌我了，想把我打发走。”

小爱丽听到这话，吃惊地瞪大了眼睛，这下他们两个都哭了。

“呀，汤姆，汤姆！”她伤心地呼唤着，哭喊着，“汤姆，你在哪儿？”

汤姆也在哭喊着：“呀，爱丽，你在哪里啊？”

原来他们已经看不见对方了，一点儿也看不见。小爱丽消失得无影无踪。汤姆听见她呼唤着他，声音越来越小，越来越弱，直到完全听不见。

此时还能有谁比汤姆更害怕呢？他在岩石间游来游去，急匆匆地在每个大厅小室进进出出，比以前任何时候游得都快，可还是找不到她。他大声喊着她的名字，可是她没有回答。他问遍了其他所有水孩子，可是他们全都没有看见她。后来，他浮出水面，开始哭叫着呼唤惩恶仙女——也许那才是最好的办法吧——因为她很快就来了。

“唉！”汤姆说，“天哪，天哪！我刚才对爱丽太顽皮，我把她害死了，我知道我把她害死了。”

“并不像你说的那样，”仙女说，“是我把她送回家了，不知道还会不会回来。”

汤姆听了这话，哭得伤心极了，以至于连咸咸的海水都涨高了，所以那天的潮水比头一天高出了零点三九五四六二零八一九英寸。不过，这也可能是由于月亮更圆了一点儿的缘故，也许这才是真正的原因。但新的哲学理论认为用精神原因解释物理现象是对的（尤其是在会客厅里的时候），那么用物理原因解释精神现象当然就也是对的，比如思考、祈祷、辨别是非。正如伯克郡人所说的——感到奇怪只因没有普及。

“你真狠心，竟然把爱丽送走了！”汤姆呜咽着说，“但我一定要再找到她，走遍天涯海角也要找到她。”

惩恶仙女没有打汤姆，让他闭嘴。反而像她妹妹那样温柔地把他抱在膝上，让他知道这并不是她的错，因为她就像被上足了发条的钟表，不管自己愿意不愿意，都得去做。她还说，他已经在幼儿园里待得够久了，如果想长大成人，现在该去看看世界了。而且她还告诉他，他必须和其他任何人一样，要自己去才行，要用他自己的眼睛去看，用自己的鼻子去闻，自己的事情自己做，自己玩火烧自己的指头。她还告诉他，只要人们宽容、勇敢、善良、正直，就会看到世界上有很多好东西，就会发现世界是个（确如所料）充满惊喜和欢乐、井井有条、令人起敬、管理得当，总体说来是个成功的好地方。她又告诉他，遇到什么事都不要害怕，因为只要他记住自己学过的东西，就什么都无法伤害到他，只要自己认为是对的就可以去做。

她安慰了很久，小汤姆终于被她说动了，巴不得立即就动身。

"如果在我离开之前，能够再见爱丽一面就好了。"他遗憾地说。

"你为什么这么想见她？"

"因为……因为如果我知道她已经原谅了我，我会高兴很多。"

眨眼间，爱丽已经笑盈盈地站在了他面前，汤姆看到她那么快乐，真想去亲吻她。可他还是觉得不妥，因为她在他心里是那么高贵。

“我要走了，爱丽！”汤姆说，“即使是去世界的尽头，我也要走了。不过说真的，我一点儿都不想走。”

“哼！哼！哼！”惩恶仙女说，“你其实很想去，你这个小坏蛋，你心里对此很清楚。而且即使你真的不想去，我也会让你想去。你过来，看看那些为所欲为的人们是什么下场。”

仙女从她的一个柜子里（她在石缝里有各式各样的神秘柜子）取出一本非常神奇的防水书，里面全是世界上见不到的照片。原来她远在一千三百五十九万八千年以前就发明出摄影技术了（这是真的），那时候人类还没有出现呢。而且她拍的照片也不像我们拍的这种只有明暗对比，她的照片是有颜色的，各种颜色都有，就像你看到雄鸡的尾巴、蝴蝶的翅膀以及各种各样看得见、想得出的颜色，全都有。所以她的照片很奇妙很著名。孩子们很期待她打开这本书。

那本书的扉页上写着：“行乐国辉煌史，这个国家是一群整天醉心于弹奏犹太竖琴的人从勤劳国中分离出来的。”

在第一张照片上，他们看到那些行乐国的国民，生活在快哉山下天耕园中，那里疯长着飘幻果树，如果你想知道那是什么东西，就得去读一读《彼得·西蒙普尔》。

他们生活得很像西西里岛那些快乐的古希腊人，也许你在古瓶上见过那些图画。那似乎也是理所当然的，因为他们不需要工作。

他们不住房屋，都住在美丽的溶洞里，每天在温泉里洗三次澡。至于衣服，那里的气候非常温暖，跑来跑去的男人们只需要戴一顶小帽、穿一条带子类的短裤等夏天穿的衣物；女人们会在秋天采集些蜘蛛网（那时候她们还不太懒）来做她们的冬衣。

他们都很喜欢音乐，但都嫌学钢琴或小提琴太麻烦，跳舞又嫌太累，所以他们就成天都坐在蚁丘上，弹弹犹太竖琴。如果蚂蚁咬到他们，他们也只是起身挪到另一个蚁丘上去，再咬就再挪个地方。

他们坐在飘幻果树下，等那些飘幻果自动落到嘴里；他们坐在葡萄藤下，挤葡萄汁喝。等到小猪烤熟了自己跑过来说：“来吃我吧”——这是那个国家的流行吃法——他们就等着烤猪跑到嘴边的时候咬上一口就饱了，就像很多牡蛎一样。

他们是不需要武器的，因为从来没有敌人靠近他们的国土；他们也不需要工具，因为所有东西都是做好了送到手边的。而且那位严厉的老仙女也从来不去管教他们，也不逼他们开动脑筋，也不让他们死亡。

他们就这样无忧无虑地生活着，世界上从来没有那么舒适、轻松、逍遥自在的人们。

“呀，那样的生活多快乐。”汤姆说。

“你这样认为？”仙女说，“你有没有看到后面那座大山，”仙女接着说，“山顶上冒着烟的？”

“看到了。”

“你有没有看到那周围的灰烬和火渣？”

“看到了。”

“那你再往后翻五百年，就会看到后来怎么样了。”

汤姆看到，山峰像火药桶一样炸开了，然后又像烧水壶一样沸腾了。这一来把行乐国三分之一的人都炸得飞上了天，还有三分之一的人被炸成了灰烬，只有三分之一的人幸存下来。

“你看到了吧，”仙女说，“住在火山上的人就是这样的下场。”

“噢，那你为什么不警告他们呢？”小爱丽不解地问。

“我竭力警告过他们。我先让烟从山上冒出来，有烟的地方就有火呀。我在四处都撒了灰烬和火渣，有火渣的地方就可能重新着火呀。可是他们不肯面对现实，亲爱的孩子，几乎没有人肯面对。而且他们还编了一段骄傲自负的故事——我保证，那个故事绝不是我讲给他们听的——说那烟是一个被上帝压在山底下的巨人呼出的气，说那些火渣是小矮人烤小猪撒下的。全是一派胡言。对于这样的人，我就没法教导他们，只有动用这根棍棒了。”

她又往后翻了五百年，只见那些幸存的行乐国人仍旧像从前一样随心所欲地生活着。他们懒得离开火山，还说火山既然已经爆发过一次，那就不可能再爆发了。理由是它不会喷发第二次。他们已经没剩多少人了，他们却说：“人越多越热闹，越少越好过。”而事实并非如此。因为火山爆发烧死了所有的飘幻果树，而且他们已经吃光了所有的烤猪，而这些烤猪当然是不可能生出小猪的。因此他们过得很艰难，只能用小棍儿扒地里的干果和草根度日。他们有些人提议种粮食，就像他们的祖先没有来天耕园之前那样做。可是他们已经忘记了怎样制造耕犁（此时他们甚至连怎样做犹太竖琴也忘了），而且也吃光了多年前从勤劳国带来的种子。如果再去找一些来，那当然太麻烦了。因此他们就靠草根和干果度日，所有的孩子都瘦弱不堪，肚子大得可怕，很快就死掉了。

“天哪，”汤姆说，“他们变得跟野人一样了。”

“看他们变得多么丑了。”爱丽说。

“是啊，如果人们只吃少量的蔬菜，而不吃烤牛肉和梅子布丁，他们的下巴就会变大，嘴唇就会变厚，就像那些只吃土豆的穷人。”

她又翻过五百年。这下那些人全都住在树上了，他们在树上做巢来遮雨。树下有狮子在走来走去。

“天哪，”爱丽说，“看来这些狮子已经吃掉好多人了，因为现在剩下的人已经很少了。”

“是啊，”仙女说，“你看，只有最强壮、最敏捷的人能够爬到树上逃生。”

“可是他们全都是高大魁梧、肩宽体壮的人啊，”汤姆说，“这是我见过的最强壮的人。”

“是的，他们现在变得非常强壮了。女人只嫁给最强壮最勇猛的男人，因为那样的男人能够帮助她们爬上树去，免得被狮子吃掉。”

她又翻过了五百年。那些人的数量更少了，也更加强壮、更加凶猛了。可是他们的双脚奇怪地变了样子，因为他们的脚趾得像手指那样钩住树枝，就像那个印度裁缝用脚趾穿针引线一样。

两个孩子越看越吃惊，就问仙女这一切是不是都是她干的。

“算是吧，也不完全是，”她微微一笑，说，“只有那些能够把脚用得和手一样灵活的人才能活得好一些，或者说，才能得到配偶，这样一来，他们把什么好处都占了。其余的人都饿死了。只有那些脚趾变成了手指的人一代一代传了下来，就像短角牛、斯凯犬、家鸽的品种一样。”

“可是他们当中有个人身上有很多毛。”爱丽说。

“哦！”仙女说，“他会成为那个时代的伟人，会成为所有部落的酋长。”

她又翻过五百年，果然像她说的那样。

原来那个多毛的酋长生了很多毛孩子，那些毛孩子又生出更多的毛孩子。女人们都想嫁个多毛的丈夫，生出毛孩子。因为那时候气候已经变得很潮湿，只有多毛的人能够存活，其余的人都咳嗽、打喷嚏、喉咙痛，还没有等到成年，就得了痨病。

仙女又翻过五百年，里面的人更少了。

“怎么，这里有个人在地上找草根吃呢，”爱丽说，“他已经不能直起身子走路了。”

他的确站不直了。就像他们的脚已经变形一样，他们的脊背也变了形。

“天哪，”汤姆叫，“我敢说他们都是猿猴。”

“某些方面确实非常像，这些可怜的蠢东西啊，”仙女说，“他们这时候已经变得非常愚笨，几乎已经不会思考了，因为他们已经几百年都没动过脑筋了。而且他们也几乎忘记了怎样说话。因为每个愚笨的小孩都会把从愚笨的父母那里听到的话忘掉一点儿，又没有智慧创造新的。而且他们全都变得那么凶残、多疑、野蛮，所以彼此间都会相互躲避，在暗无天日的森林里闷声不响，谁都听不见对方的声音，渐渐地几乎忘记了语言是什么东西。恐怕他们很快就要变成猿猴了，这都是因为他们只肯做自己喜欢做的事情，才落到这个下场。”

又过了五百年，他们全都死光了，有的吃了有害的食物被毒死了，有的被野兽吃掉了，有的被猎人杀掉，只剩下一个身材高大的老人，下巴长得就像个千斤顶，站在那里足足有七英尺高。迪谢吕[①]先生碰见了他，朝他开了一枪，因为他站在那里一边大喊大叫一边捶打着自己的胸膛。原来，那个老人想起他的祖先也曾经是人类，就试着说：“我不也是人，也是同胞吗？”可是他的舌头已经不听使唤了。他又试着呼唤医生，可是他忘记了医生这个词怎么说，因此只是喊了一声“呜嗷嗷……”就死掉了。

这就是庞大而欢乐的行乐国最后的结局。汤姆和爱丽把书看完之后，神色变得既哀伤又庄严。他们之所以会有这样的反应是有原因的，因为他们以为那些人真的变成了猿猴呢。他们单纯的小脑袋里从来没有想到去问

---

① 法裔美国探险家。

一问，这些生灵的脑子里有没有海马体组织。如果有的话，咱们之前说过了，他们就不可能是猿猴，虽然他们比猴舍里所有的猿猴更像猿猴。

“可是难道你不能救救他们，不让他们变成猿猴吗？”小爱丽终于忍不住说。

“亲爱的孩子，如果他们一开始的时候能表现得像人一样，去做他们不喜欢的事情，本来是可以得救的。但他们表现得就像那些愚蠢的野兽一样，只做喜欢做的事，拖延的时间越长，他们也就变得越愚蠢越笨拙，最后错过了可治疗期，因为他们已经把智慧全都丢掉了。正是这类事情使我长得这么丑的，不知道什么时候我才能被公平对待。”

“他们现在在哪里？”爱丽问。

“就在他们应该在的地方，亲爱的。”

“啊！”仙女合上那本神奇的书，一脸肃穆地说，又像是在自言自语，“人们都说我可以用环境、选择、竞争的手段，把野兽变成人。好吧，也许他们说得没错。不过，也许他们说得并不对。这是在世界末日到来之前，不许我说出的七件事之一，而且这也不关他们的事。不管他们的祖先是什么，反正他们是人，于是我就劝他们行为举止要像人，要做人该做的事。而且让他们记住这一点，什么事情都有两面性，下坡路同时也是上坡路。所以，如果我能够用环境、选择、竞争把野兽变成人，我就也能够用环境、选择、竞争把人变成野兽。小汤姆，曾经有那么一两次，你差点儿就变成小动物了呢。说实话，要不是你下决心开始这次旅行，像个英国男人一样，去看看世界，我都保不准你会不会变成池塘里的一条水蜥。”

“啊，天哪！”汤姆后怕地说，“我还是趁着没有变成那样，浑身沾满烂泥之前，赶紧动身吧，哪怕是走到天尽头。”

# 第七章

“现在，”汤姆说，“我准备好出发了，哪怕是走到天尽头。”

“啊！”仙女说，“这才是勇敢的好孩子。不过呢，如果你要找到格莱姆斯先生，要走得比天尽头还要远，因为他住在乌有世界那端。你要先走到耀城，穿过那扇从没打开过的城门，走到和平湖和凯莉嬷嬷的住所，那是温和的鲸鱼死后去的地方。凯莉嬷嬷会告诉你怎么去乌有世界那端，你到了那里就可以找到格莱姆斯先生了。”

“哎呀，老天！”汤姆说，“可是我压根儿不认识去耀城的路，也不知道它在哪儿。”

“小孩子都必须自己想办法解决困难，否则永远也不会长成男子汉，所以你要去问遍海里的动物和天上的飞鸟。如果你待它们好，它们就会告诉你怎样找到耀城。”

“好吧，”汤姆说，“这是一条漫长的旅程，所以我还是立刻动身吧。再见了，爱丽小姐。你知道我已经长成大男孩了，必须得出去见见世面了。”

“我知道你必须要去，”爱丽说，“只是请你不要忘记我，汤姆，我会在这里等着你回来。”

她和汤姆握了手，说了再见。汤姆又想亲吻她，可还是觉得这样不妥，因为她在他心里是那么高贵。他答应不会忘记她。可是，他的小脑袋瓜里一心想着去见识见识，所以不到五分钟就把她忘掉了。不过，虽然他的脑子把她忘记了，值得欣慰的是他的心并没有忘记她。

汤姆问遍了海中的动物和空中的飞鸟，可是，谁也不认识去耀城的路。为什么会这样呢？原来，他仍然在南方，离要去的地方还有很远很远呢。

后来，他看见了一艘轮船，那船比他以前见过的所有船都要大得多——那是一艘豪华游轮，船后面拖着一条长长的黑烟。汤姆很纳闷，不明白那艘船为什么没有帆也能航行，于是便游到跟前去看个究竟。一群海豚正追逐着轮船嬉戏，轮船每前进一英尺，它们都要游上三英尺远。汤姆向它们打听去耀城的路，它们都说不知道。他索性去研究这船是怎么移动的，结果发现了它的螺旋桨，他为这个发现高兴极了，在船尾底下玩了一整天，后来差点儿被螺旋桨的叶片碰掉鼻子，这才想起该走了。汤姆看着甲板上的水手和戴着帽子、打着遮阳伞的太太们，而那些人都看不见汤姆，因为他们的眼睛没有睁开——事实上，大多数人的眼睛都没有睁开。

后来，船尾的甲板上来了一位漂亮太太，穿着深黑色的寡妇丧服，怀里抱着一个婴孩。她倚在船舷上，频频回头眺望遥远的英格兰，边望边唱道：

甜美的南方吹来柔柔的风，
夏天的海上飘起银色的云；
细细的雾丝缠绕露湿的指，
织一片纱将我和宝贝遮护。

你的内心藏着深深的爱，
主啊，请降临大地、天空和海洋；
让疲惫的灵魂在你的圣殿里躲藏，

让我和宝贝永离罪恶、耻辱和悲伤。

她的声音那么轻柔，曲调那么甜美，汤姆真想就那么听上一整天。她抱着孩子倚在栏杆上，让孩子看跳跃的海豚、荡漾的海水的时候，凑巧那孩子就看到了汤姆。

汤姆非常肯定那孩子看见了他，因为他们的目光相遇的时候，孩子笑着张开了手臂。汤姆也笑着张开了手臂。那孩子又踢又跳，像是想跳到水里去找他似的。

“你看见什么了，小宝贝？”那位太太问道。她顺着孩子的目光看过去，她也看到了在船下的水沫中游着的汤姆。

她吃了一惊，发出一声轻呼，又很快平静地说:“这就是水孩子？唉，也许这是孩子们最快乐的去处呢。”她朝汤姆招了招手，大声说:“等一等，宝贝，稍等一等，我们要跟你一起走，那样我们就安宁了。”

一个穿着黑色衣服的老保姆听见她的话，从船舱里出来和她说了些什么，然后把她拖进去了。

汤姆转身向北方游去，心中有些悲伤又有些疑惑不解。他看着巨轮在暮色中渐渐远去，船上的灯一盏盏亮起来，又一盏盏消失，那道长烟也在暮霭中渐行渐远，终于完全看不见了。

汤姆继续向北游去，游了一天又一天。后来，他遇到了鲱鱼王，鲱鱼王的鼻子上长着一个马梳，嘴里叼着一条小鲱鱼，拿它当雪茄。汤姆向鲱鱼王打听去耀城的路，鲱鱼王只好先把它的“雪茄”一口吞下去，这才开口说：

“小伙子，如果我是你的话，我会到孤独礁上去问问那只最后的大海雀。它来自一个很古老的部族，差不多和我的部族一样古老。它就像那些古宅里的太太们一样，那些新兴的暴发户不知道的许多事情，它全都知道。”

汤姆问他怎么才能找到那儿，鲱鱼王亲切地告诉了他。因为这条鲱鱼王虽然相貌丑陋，而且穿得像俱乐部里闲荡的花花公子一样花里胡哨，但其实它是个彬彬有礼的老派绅士。

就在汤姆谢过它，刚要动身游走的时候，鲱鱼王突然在身后叫住他问道：“嘿，我说，你会飞吗？”

“我没试过，”汤姆说，“怎么？”

“如果你会飞的话，我劝你千万不要让那位大海雀知道。切记，再见。”

汤姆往西北方向游了七天七夜，来到了一片极大的鳕鱼滩，那是他从来没有见过的景象。成千上万的大鳕鱼，终日潜在水下吞吃着海贝。几百条蓝鲨在水面游荡着，鳕鱼一游上来就被它们吞掉了。从创世纪以来，它们就是这样你吃我、我吃它地吃来吃去，因为还不曾有人去过那里捕鱼，所以没有人知道凯莉嬷嬷是多么富有。

就在那里，汤姆看到了那只最后的大海雀，它正孤零零地站在孤独礁上。它已经很老很老了，足有三英尺高，身体挺得笔直，就像某些高原部落的老族长一样。它披着一件黑丝绒斗篷，系着白色的头巾和围裙，鼻梁很高（这正是血统高贵的明显标志），上面架着一副白边眼镜，这让它看上去非常古怪，但那是它们家族古老的时尚。

它没有长翅膀，却有两只带羽毛的手臂，那是它当扇子用的，它总抱怨天气太热。它总是自娱自乐地哼着一首老歌，那是很久以前，它还是一只雏鸟的时候学会的：

有块石头上，曾有两只鸟儿，
一只游走了，只剩一只鸟儿，
和一位故步自封的女士。

另一只也游走了，那里也就没了鸟儿，
只剩下可怜的石头孤孤单单，
和一位故步自封的女士。

其实应该是“飞走了”而不是“游走了”，但是，因为它自己不会飞，也就自作主张地把歌词窜改了。不管怎么说吧，这首歌在它唱来倒是十分应景，因为它自己就是那么一位女士。

汤姆走到它面前，恭恭敬敬地给它鞠了一个躬。它一开口就问汤姆：

“你有翅膀吗？你会飞吗？”

“哎呀，我没有翅膀，也不会飞，嬷嬷。这种事情我想都没有想过。”机灵的小汤姆说。

“如果是这样，我很乐意和你说话，小宝贝。现如今看见个没有翅膀的可真稀罕。真的，新出现的鸟类物种全都想要翅膀，全都想要飞。它们要飞，要提高自己原来的地位，也不知道它们到底想要干什么？在我祖先那个年代，从来没有哪只鸟想过要有翅膀，它们没有翅膀照样过得很好。到如今，它们都笑话我守旧，就连那些下贱的海鸦和海鸠都有翅膀，它们卑微得够可怜。还有我那些表亲北极鸟也是这样。它们出身名门，本该自尊自重才是，反倒去学那些下流坯子。”

它就这样絮絮叨叨地说啊说啊，汤姆连一句话也插不上。后来总算等到这位老嬷嬷讲得上气不接下气，扇动起它的双臂时，汤姆才终于有机会开口，便赶紧问它是否知道去耀城怎么走。

“耀城？还有谁会比我更清楚呢？我们就是从耀城迁来的，那是几千年前的事情了，那时候天气很冷，适合高贵的种族生存。可是现在，天气这样热，再加上这些长翅膀的东西飞上飞下的，什么东西都吃，高贵种族的猎食环境全被它们糟蹋了。叫人简直活不下去，甚至不敢离开岩石，因为害怕被哪种动物攻击，要是在一千年前，这些东西连我们周围一英里之内都不敢靠近。我刚才说到哪儿了？哦，亲爱的，我们的家族在这个世界上已经彻底完了，除了名誉什么都没有了，我是我们家族的最后一员。年轻的时候，为了躲开那些下等的东西，我和一个朋友一起来到这块礁石上住下。过去我们是个大王国，遍布北方所有的海岛。可是人类朝我们开枪、打我们的头、取我们的蛋。唉，说出来恐怕你也不信，据说在拉布拉多海岸，那些水手通常在礁石和他们称之为船的东西之间搭上一块木板，把我们的同胞成群地赶着沿木板走到船舱里。我猜进了船舱之后，就被他们吃掉了。多么卑鄙的家伙！唉，对了，我又说到哪儿了？到后来，我们就彻底消失了，除了冰岛海岸附近的海雀礁，因为那个地方没有人爬得上去。我们已经近乎绝迹了。就算在那个海雀礁，我们也没能幸免。在我还是个小姑娘的时候，突然有一天，大地摇晃起来，海水翻腾起来，天空变得漆黑一团，空气中弥漫着烟尘，那座大海雀礁沉陷到了海里。那些海鸦和海鸠当然都飞走了，可我们是高贵的种族，我们不飞。最后，我们海雀有些被摔得粉身碎骨，有些被淹死了，剩下的都去了艾迪。听海鸠说，它们现在也全都死掉了，还说挨着原来海雀礁的地方又升起来一座新的海雀礁，但那不过是一块可怜的平地，住在上面很不安全。就这样，我们海雀族就剩下我自己了。”

这就是大海雀的家史，虽然听起来有些离奇，却句句属实。

“如果你们有翅膀就好了！”汤姆同情地说，“那样你们就全都可以飞走了。”

“是啊，小伙子。人们如果不是非要做绅士淑女，能够甩开那些贵族品德，活在这世上就容易多了，那就可以和其他人一样，做什么都无所谓。唉，我要不是总想着贵族品德，也不会像现在这样孤孤单单的。”老嬷嬷叹息着说。

“那是怎么回事呀，嬷嬷？”

“说来话长，小宝贝，当初和我一起来的还有一位绅士，我们到了这里一段时间之后，它想娶我——说真的，它确实向我求婚了。唉，这也不怪它，那时候我毕竟年轻貌美，这倒不假。可你看，那时候我根本不能接受这样的事，因为它是我病故的姐姐的丈夫，你明白吧？”

“当然不能接受，嬷嬷。”汤姆说，尽管他根本没听明白它的话，“病得很厉害吧，我想？”

“你没听明白，宝贝。我的意思是，在我们那样的家庭里，作为一个端庄高贵的小姐，我觉得自己就应该拒绝它、赶走它，我经常啄它，好让它和我保持适当的距离。说实话，有一次我啄得太厉害，它踉踉跄跄倒退着摔下了礁石，也是它时乖命蹇（这可不怪我）——一条鲨鱼看见它在水里扑腾，游过来把它吞下了肚。从那以后，就只剩下了我这个‘故步自封的女士’。我很快也要死了，孩子，没有人会想念我，到那时，就只剩下这块礁石孤零零地待在这里了。”

“可是，请您告诉我，去耀城怎么走？”汤姆说。

“哦，你是该走了，乖孩子……你是该走了。让我想想……我确实……那是……说实话，我这个老脑袋已经开始迷糊了。你知道，乖孩子，如果你想知道的话，你得去问问那些低等的鸟儿了，因为我已经完全忘光了。”

可怜的大海雀哭了，流出清油般的眼泪。汤姆很替它难过，也很替自己难过，因为他不知道该向谁去问路了。

就在这时，一群海燕飞了过来，它们都是凯莉嬷嬷的孩子。汤姆觉得它们比海雀女士好看得多。也许是吧，因为凯莉嬷嬷在创造海雀和创造海燕之间的那段时间里，积累了很多新的经验。这些海燕像普通黑燕一样轻快地在海面掠过，优雅地把小脚丫蜷在身后，追逐着一波一波的浪花欢腾跳跃。它们彼此间的低声呢喃是那么温柔，汤姆立即就喜欢上了它们，向它们打听去耀城怎么走。

“耀城？你要去耀城？那就跟我们走吧，我们会为你指引道路。我们是凯莉嬷嬷的孩子，它派我们出来巡海，让我们为善良的鸟儿指引回家的路。”

汤姆高兴极了，他朝老海雀鞠了一躬，转身向海燕游去。老海雀没有还礼，它的身体挺得笔直，一面流着清油眼泪，一面唱着：

只剩下可怜的石头孤孤单单，
和一位故步自封的女士。

可是它说错了，其实这块石头并没有变得孤孤单单。等到汤姆再次从这里经过的时候，他就会发现这里更加有看头了。

老海雀死了，但更好的东西代替它住在了那里。等到汤姆再回来时，他会看到几百条渔船在这里下锚，有的来自苏格兰，有的来自爱尔兰，有的来自奥克尼群岛，有的来自设得兰群岛，有的来自北方各个港口，船上都是维京人的后代，他们是海上的霸王。那些人会用绳索把千千万万的大鳕鱼拖上来，直到他们累得胳膊酸痛；他们要制造鱼肝油和肥料，还要把鱼肉腌起来。那里有军舰保护着他们，还有灯塔为他们指路。也许有一天，咱们也会去孤独礁上赶一趟盛大的夏季海市，淘几样没人见过的稀奇东西，听听水手们怎样称赞那里，他们会说，这可不是维多利亚女王皇冠上最差的宝石，因为这里有八十英里的鳕鱼滩，能给所有的穷人提供食物。那就是汤姆将会看到的景象，也许咱们也会看到。这样我们就不会因为不能抓一只海雀做标本而遗憾，也不会因为不能像古斯堪的纳维亚人那样把成群的海雀赶进石阵杀掉，或者不能像哈克卢特说的从前英国、法国水手那样赶着海雀沿木板走进船舱做口粮而遗憾。我们应当记住丁尼生的诗句，他是这么说的：

> 旧的秩序变了，新的秩序出现，
>
> 上帝总有办法让自己满意。

汤姆迫不及待地想动身到耀城去，可是海燕说不行。它们得先去万禽园，在那里等着所有的海鸟大聚集，那些到遥远的北部群岛夏季孵育场去的海鸟，动身之前都会在万禽园聚集，到时候，一定能找到去耀城的鸟儿。不过，他必须发誓绝不说出万禽园在哪儿才行，以防人类会找到那儿，朝鸟儿开枪，把它们做成标本，愚蠢地把它们放在博物馆里而不是让它们在凯莉嬷嬷的水乐园里嬉戏、工作、生儿育女、乐享天年。

所以，没有人知道万禽园到底在哪儿。关于这件事，只是有人传说汤姆在那里等了好多天。他在那里等着的时候，遇见了一件怪事。他看见海岸上的兔窝上面聚集着千百只凤头鸦，就像剑桥郡的那种。那些凤头鸦叽叽喳喳地吵得声音很大，汤姆就爬上岸去看看是怎么回事。

他过去一看，原来它们正在举行会议，这种会议它们每年都在北方举行一次。那些树桩演说家们在那里高谈阔论，演讲者都站在一具用老羊的骷髅做的演讲台上面。

它们呱啦呱啦地夸耀着各自的辉煌事迹——比如啄瞎了多少绵羊的眼睛啦，吃了多少死牛啦，整吞过几只松鸡崽儿啦，用嘴巴衔走过多少松鸡蛋啦——这可是凤头鸦特有的本领，讲到这里时，凤头鸦总是非常得意，就像吉卜赛人得意他们的那些神秘把戏一样。至于那到底是什么，我不能告诉你。

最后，它们带来一只最美丽最干净的年轻雌鸦，把它推挤到中间，群起而攻之，对它百般羞辱和欺凌，原因是它不仅从没偷过松鸡蛋，而且还胆敢公然声称自己不愿偷蛋。所以根据它们的法律，要对它进行审判（凤头鸦每年召开隆重的会议时，都会审判些犯人）。年轻的雌鸦站在中间，它穿着黑色的袍子，长着灰色的头，像个教徒一般温顺而洁净，大家七嘴八舌地声讨着它。

它言辞恳切地解释着，说了很多理由——

它说它不喜欢吃松鸡蛋；

说它不吃松鸡蛋也可以过得挺好；

说它不敢吃松鸡蛋，因为怕那些看守的人；

说它不忍心吃，因为松鸡是那么可爱、温和、快活；

还有很多很多别的理由。

但这些理由都没用。其他的凤头鸦一个个压在它身上啄它，汤姆还没来得及跑过去救它，它就已经被就地啄死了。凤头鸦们心满意足地飞走了，仿佛干了件多荣耀的事情似的。

这难道不是一件可耻的勾当吗？

不过仙女们带走了那只善良的雌鸦，给了它九套新羽毛，给它穿上一身绿丝绒的衣服，长出一条长长的尾巴，把它变成了乐园里最美丽的鸟儿，还送它去长满丁香、肉蔻的香料岛上去享用果实。

惩恶仙女找到那些可恶的凤头鸦，和它们好好算了笔账。事情是这样的，它们飞走后，遇见了一只肮脏的死狗，便立即扑过去连争带吵、连啄带拧、狼吞虎咽地吃了个心满意足。可是刚吃完，便全都嘴巴朝天发出一声凄厉的叫声，身体朝后一翻，栽到地上死掉了，一共一百二十三只，顷刻间全死掉了。怎么会这样呢？原来是惩恶仙女给守林人托了个梦，让他在死狗肚子里灌满了番木鳖碱，看守人就照做了。

过了一阵子，鸟儿们开始在万禽园聚集，成千上万的鸟儿遮天蔽日。有天鹅、黑雁、丑鸭、绒鸭、信鸥、凫鸟、斑头秋沙鸭、秋沙鸭、潜水鸥、鹡鹛、鸫鹛、海鸠、海鸦、尖嘴鸦、鲣鸟、海燕、贼鸥、燕鸥，还有数不清的各种叫不出名字的鸟儿。它们在浅滩上游弋、沐浴、拍水、梳理羽毛，给沙滩铺了一层白白的羽毛。它们呱呱呱、喳喳喳、喋喋不休地谈论着，好像在跟自己的朋友们商量，决定今年夏天去哪儿繁育幼鸟，声音大得十英里外都能听到。幸好那里除了住在尼斯湖畔的看守人并没有别人。看守人独自孤零零地住在一间茅草屋里，屋顶上覆盖着石南，四周又用绳子拴上大石头缀住，免得冬季的狂风把小屋吹跑。他不管那些鸟儿，也不去伤害它们，因为现在不到捕猎的季节。事实上，在这个世界上，他只在意两件事——圣经和松鸡。他是个善良的苏格兰老人，在冬天的寒夜里没完没了地织着袜子。等到所有的鸟儿都要离开的时候，他才会蹒跚着走出小屋，挥舞着帽子向它们告别，祝它们旅途顺利、平安归来，然后把鸟儿们留下的羽毛都收集起来，整理干净之后卖到南方去，做成羽绒被褥，让那些饱食终日的人睡在上面。

那群海燕向左右打听哪只鸟能带汤姆去耀城，可是有的要去索色兰郡，有的要去设得兰群岛，有的要去挪威，有的要去斯匹茨卑尔根岛，有的要去冰岛，偏偏没有去耀城的。天性善良的海燕对汤姆说它们要亲自送他一程，不过它们最远只能送到迈恩县，更远的地方就得他自己去了。

鸟儿们全都起程了，叽叽喳喳地排成一条条长长的黑线，有的朝北，有的朝东北，纷纷飞越夏日的晴空，洪亮的叫声就像一万只猎犬齐吠，一万个铃铛齐鸣。只有海鹦落在后面，把小兔崽杀死，把自己的蛋下在兔子窝里。这种行为当然很卑鄙，可谁都得想方设法照顾好自己的家人嘛。

汤姆和海燕朝东北方向而去的时候，刮起了大风。原来，在墨西哥海湾负责看管大铜锅炉的那位穿着灰大衣的老先生耽误了工作，凯莉嬷嬷给他发去电报，让他烧出更多的蒸汽，这不，蒸汽刚好就升腾起来了，一个小时就释放出了一个星期的蒸气量，并急速地膨胀着，大声地咆哮着，嗖嗖地打着旋儿，直叫人分不清哪儿是天空哪儿是大海。不过，汤姆和海燕并不在意，因为大风正好在他们身后，他们在一道道波涛上翻飞，就像一群飞鱼一样快活。

可是后来他们看到了一个可怕的东西——一艘大船侧翻在海槽里，船里灌满了水。烟囱和桅杆都散落到了水里，在船的背风处飘荡着。甲板上被吹扫得像谷仓底一样干净，一个活物儿也没有。

海燕们朝沉船飞过去，绕着船哀鸣——一方面因为它们真的深表同情，一方面又因为它们本以为能找到些腌肉呢。汤姆爬上船四处查看了一下，看得心里又害怕又难过。

汤姆看到，在舷墙下牢牢绑着的一个小床上，躺着一个熟睡的婴儿，汤姆一眼就认出，那正是那位歌唱的太太怀里抱着的孩子。

他走过去，想把那个孩子叫醒。可是他看到小床下面跳出一只长着棕色斑纹的小黑狗，朝他龇牙咧嘴地狂吠起来，不让他靠近那个小床。

汤姆知道那小狗的牙齿虽然伤害不到自己，却也足以把自己赶走，事实也的确如此。他想去救那个婴儿，又不想把这可怜的小狗扔下船去，所以和小狗周旋起来。正在他们相持不下的时候，一个高高的碧浪顺着船身从上风头打过来，把他们一起卷到了海里。

“哎呀，小宝宝，小宝宝！”汤姆大声呼叫着。不过，他立刻就住了口。因为他看到那个小床漂在碧波中，小婴儿还在香甜地睡着。他又看到仙女从海底浮出来，把婴儿连同摇篮一起温柔地抱在了怀里，这下汤姆就放心了，他知道圣布朗丹仙岛上将会有个新的水孩子了。

那只可怜的小狗呢?

小狗在水里挣扎了一阵子，咳嗽了几声，打了一个大大的喷嚏，这个喷嚏打得太厉害了，一下子把它从皮囊里震了出去，于是它就变成了一只小水狗，在汤姆身旁欢蹦乱跳着，在波浪上奔跑着，朝着水母和鲭鱼汪汪叫着，一路跟着汤姆去了乌有世界那端。

他们又继续前进，看见了迈恩境内的山顶像根雪白的棒棒糖高耸入云，比云层还高出两英里呢。

在那里，他们遇到一大群燕鸥正在啄食一条死鲸鱼。

“这些家伙可以给你引路了，”凯莉嬷嬷的孩子们说，

“我们不能再带你往北去了，我们不喜欢冰川，害怕把我们的爪子冻坏。可这些燕鸥哪儿都敢去。”

海燕呼唤那些燕鸥，可燕鸥们都在忙着狼吞虎咽抢食死鲸鱼呢，谁也没听到海燕的喊声。

“喂，喂，”海燕提高声音说，“你们这群又懒又馋的笨蛋。这位少爷要去找凯莉嬷嬷，如果你们不好好照顾他，凯莉嬷嬷就不会看顾你们了，你们知道的。”

“我们馋是馋，”一只肥胖的老燕鸥说，“但我们并不懒。至于你们骂我们是笨蛋，我们也并不比你们更笨。让我来看看这个小伙子。”

它拍着翅膀飞到汤姆面前，粗鲁地盯着汤姆看了一阵（捕鲸的人都知道，燕鸥是最鲁莽的家伙），问汤姆是从哪里来的，最后看到的陆地是在什么地方。

汤姆如实告诉了它，它似乎很高兴，还称赞汤姆走了这么远，真是好样的。

“来吧，伙计们，”它对其余的燕鸥说，“看在凯莉嬷嬷的面上，咱们就把这个小家伙驮上吧。咱们今天吃的鲸肉不少了，就花点儿时间出点儿力气帮帮这个小家伙吧。”

于是那些燕鸥把汤姆驮在背上，说说笑笑地带着他飞走了。（可它们身上的火车油味道真重啊！）

“你们是谁啊，你们这些快活的鸟儿？”汤姆问。

“我们是格陵兰岛老船长的灵魂（水手们全知道的），他们几百年前曾在这里捕杀鲸鱼。因为我们太鲁莽太贪心，所以被变成了终日啃食死鲸鱼的燕鸥。可是我们绝不是笨蛋，我们划起船来，比北海一带的任何人都不差，只是我们对那些新兴的汽船不屑一顾罢了。海燕那群黑精灵说我们是笨蛋，真是岂有此理。它们不过仗着自己是格雷斯的宠儿，就以为自己可以想说什么就说什么了。”

“请问你是谁呢？”汤姆问那只说话的燕鸥，因为他看得出它是这群鸟的领头者。

“我叫亨利·哈德逊，是个相当了不起的好船长，尽管我犯了不少错，但我的名字依然会永垂不朽。因为我发现了哈德逊河，哈德逊湾就是我命的名。从那之后，很多以前不敢到那里去的人都跟着去了。不过，那时候我很暴虐，这倒是真的。我从缅因州海岸附近劫掳印第安人，把他们贩卖到弗吉尼亚州当奴隶。后来因为我对手下的船员太残暴，他们把我塞进一条小敞篷船里扔到了海上，从此就没人知道我的消息了。于是我就成了燕鸥之王，等待出头之日。”

这时他们已经到了冰川边缘，透过迷雾和风雪，已经隐隐约约可以看到远处的耀城。但冰川在剧烈地翻腾，庞大的冰雪巨人咆哮着、厮打着，相互跳上对方的脊背，彼此把对方挤成碎末，吓得汤姆不敢靠近，生怕自己也被挤成碎末。后来他又看到冰山间散落着很多巨轮残骸，他就更加害怕了。有些船上的桅杆和帆桁都还没有倒下，有些船的甲板上还躺着冻死的船员。唉，他们是多么可怜！他们都有一颗坚贞的英国心，为了寻找那扇从未开启的银色大门，他们像可敬的骑士一样，英勇顽强地走到了生命尽头。

善良的燕鸥们把汤姆和他的小狗驮在背上，带着他们平平安安地飞过了冰川上那群怒吼的冰雪巨人，把他们放在了耀城的城墙下。

“城门在哪里呢？”汤姆问。

“没有城门。”燕鸥说。

“没有城门？”汤姆惊骇地问。

“没有。连条墙缝儿都没有。这就是那些比你强的人付出巨大代价之后发现的秘密，小伙子，因为如果有门的话，他们早就把海里游的所有鲸鱼全都杀光了。”

“那我该怎么办呢？”

“如果你够勇敢的话，可以从浮冰下面潜水过去。”

“我大老远跑来，岂能就这么回去，”汤姆说，“只能勇往直前了。”

“祝你一路顺利，小伙子。”燕鸥们说，“我们就知道你是好样的。那么再见了。”

“你们怎么不一起去？”汤姆问。

燕鸥伤心地回答：“我们还不能去，我们还不能去！”说着就飞上了冰川上空。

汤姆钻到了那银色城墙下面，在漆黑的海底往前游了七天七夜。可他一点儿也没害怕。他为什么要害怕呢？他可是个勇敢的英国男子汉，他的目的就是出来见识世界的啊。

他终于看见了亮光和湛蓝湛蓝的海水，于是便穿过云一般密密匝匝地盘旋在他头顶的海底蝴蝶，从一千英寻深的海底往上浮。海底有慢悠悠地飞着的粉头粉翅蝴蝶，有疾速地飞来飞去的褐色蛾子，有连蹦带跳行动最为敏捷的黄虾，还有五彩缤纷的水母，它们不跳也不蹦，只是懒洋洋地悬在水中打着哈欠，挡着汤姆的路。小狗拼命咬它们，咬得下巴都酸了，但是汤姆几乎没有注意到它们，一心只想着浮到水面上去，好去见识见识温驯的鲸鱼的归宿湖。

那个湖大极了，有好多好多英里宽。不过，因为空气特别干净，对岸的冰峰就像是触手可及。湖的四周全是冰山，像围墙、像尖塔、像碉堡、像洞穴、像桥梁、像阁楼、像画廊。冰雪仙女就住在这个地方，她会驱走风暴和乌云，以保证凯莉嬷嬷的湖水终年平静。太阳负责充当这里的警察，每天都会在外面转一圈，从最高的冰墙往里望一望，看看是不是平安无事，它还会时不时地变个戏法，或者放一阵烟花，逗那些仙女乐一乐，它会一下子变出四五个太阳，或者用白色的火焰在天上画出圆圈、十字和月牙，然后自己坐在当中，朝仙女们眨眼睛。我猜她们一定开心极了，因为在那片净土上，每件事情都那么有趣。

平静的海面上躺着很多性情温驯的鲸鱼，它们是多么快乐啊。那些鲸鱼中有露背鲸、长须鲸、剃刀鲸，还有长着象牙角的海底斑点独角兽。像抹香鲸那样暴躁易怒、爱吼爱叫的家伙，如果凯莉嬷嬷也让它们住在这个湖里，这个“太平湖”就不再太平了。所以，她就把它们单独放在了南极一个大池塘里，就在那座叫厄瑞玻斯山的冰中火山的东南方向二百六十三英里远的地方。它们就在那里用它们丑陋的鼻子日复一日年复一年地相互打斗着。

而被放在这个太平湖里的，全都是温驯安静的动物，它们就像单桅船的黑船身一样躺在那里，时而喷出一股股白汽，或者张着大嘴四处游来游去，等那些海蛾游进它们的嘴里。在这里，既没有锤头鲨来捶它们的脊背，也没有剑鱼来刺它们的肚子，也没有锯鳐划破它们的皮肉，也没有冰鲨会在它们的体侧咬掉一块，也没有捕鲸人向它们投掷渔叉和渔矛。它们在这里生活得又安全又快乐，只需在太平湖里静静地等候着，等凯莉嬷嬷把它们叫过去，把它们变成一种新的动物。

汤姆向离他最近的一头鲸鱼游过去，问它怎样才能找到凯莉嬷嬷。

“她就在中间那儿坐着呢。”鲸鱼回答说。

汤姆看了看，见池子中间除了一座极高的冰山，并没有别的东西，他说出了自己的疑问。

“那就是凯莉嬷嬷，”鲸鱼说，“你走到她跟前就会发现，她就整年整年地坐在那里把旧的动物变成新的动物。”

“她是怎么做的呢？”

“那是她的事情，跟我没关系。”老鲸鱼说着，打了个大哈欠，嘴巴张得那么大（因为它的个头儿很大），九百四十三只海蛾、一万三千八百四十六只针头大的水母、九码长的一串海鞘，还有四十三只小冰蟹一起游进了它的嘴里。那些小冰蟹相互钳了一下以示告别，随后把腿蜷在肚子下面，决定要学尤利乌斯·恺撒大帝的样子，死也要死得体面。

“我想，”汤姆说，“她是不是把你这样大的鲸鱼切成一大群鼠海豚？”

老鲸鱼被汤姆的话逗得哈哈大笑，这一张嘴笑，把刚才吞进去的那些小东西全咳了出来。那些小东西又全都游走了，很庆幸逃出了它那可怕的嘴，要知道那可是个无人能生还的深谷啊。

汤姆疑惑不解地朝冰山游去。

等他游近冰山一看，那座冰山已经变成了一位最老最老的老太太——大理石一般洁白的老太太，坐在大理石一般洁白的宝座上。宝座下，几百万条新生命源源不断地游进大海，那些新生命有着人们无法想象的形状和颜色。它们都是凯莉嬷嬷的孩子，是她日复一日用海水做成的。

汤姆本以为（那些本应懂得更多的成年人也会这样以为）一定会看到她又是剪裁，又是拼接，又是搭配，又是缝合，又是染色，又是锉，又是刨，又是敲打，又是转动，又是抛光，又是做模型，又是测量，又是雕刻，又是别上别针，忙得不亦乐乎，因为人类制造物品的时候总是那样忙乱。

但汤姆看到的情景并不是那样的，只见她手托下巴，静静地坐在那里俯视着大海。她的眼睛像海水一样湛蓝，她的头发像雪一样洁白。她很老很老，事实上，她比你有可能遇到的任何东西都古老，除了对错之间的区别之外。

她看见了汤姆，慈祥地凝望着他，问道：

“你来干什么，小宝贝？我这里很久没有看见水孩子了。”

汤姆告诉了她自己来这里的目的，并问她怎样才能走到乌有世界那端。

“你自己应当知道，因为你已经到过了。”

“我到过了吗，嬷嬷？我怎么一点儿也不记得呢。”

“那你看着我？”

汤姆朝她湛蓝的大眼睛里一看，一下子全想起来了。你说这事怪不怪？

“谢谢您，嬷嬷。”汤姆说道，“那我就不多打扰您了，我听说您非常忙。”

“现在就是我最忙的时候。”她这么说道，却连一根手指头都没有动。

“嬷嬷，我听说您总是用旧的动物制造出新的动物。”

“那都是人们想象出来的。我才不会那么辛苦地制造东西呢。亲爱的孩子，我只是坐在这里，让它们自己创造自己。”

“这真是一位有大智慧的神仙。”汤姆心想。汤姆想得完全没错。

这是善良的老凯莉嬷嬷了不起的本领，也是她有几次对付傲慢无礼之人的绝好答复。

比如有一次，有一个非常聪明的仙女发明了制造蝴蝶的方法。我说的不是假蝴蝶，而是真正的活蝴蝶，会飞、会吃、会产卵，蝴蝶能做的所有事情它都能做。那个仙女对自己这个本领很得意，就径直飞到北极来，向凯莉嬷嬷夸耀说自己如何如何能制造蝴蝶，但是凯莉嬷嬷笑了。

“你知道吗，傻孩子，”她说，“只要肯花时间、下功夫，任何人都能制造出东西。可是没有谁能像我这样，可以让东西自己创造自己。”

但此时人们还不相信凯莉嬷嬷真有那么聪明，直到有一天他们登上去乌有世界另一端的旅程时，他们才会相信。

“小可爱，你现在确定知道去乌有世界另一端的路了吗？”

汤姆想了想。哎呀，他已经忘得干干净净了。

“这是因为你的眼睛没有看着我。”

汤姆再次看着她，果然又想起来了。他把目光从她身上移开，立刻又忘记了。

“我该怎么办呢，嬷嬷？我离开这里以后就没办法看着你了啊！”

“你一定要像大多数人一样，学会没有我的时候也知道该怎么做，因为人生中有千分之九百九十九的时候都是这种情况。你可以看着这条狗，因为它对这条路很熟悉，绝不会忘记。还有，你在那里可能会遇到一些脾气古怪的人，如果没有我给你的护照，他们可能不会放你过去，所以你一定要把它挂在脖子上，留心别弄丢。还有，因为这条狗总是跟在你身后，所以你得倒着走。”

“倒着走！”汤姆惊叫起来，“那我就没法儿看路了呀。”

“正相反，如果你总是朝前看，你会一步也看不清，肯定会走错路。而如果你朝后看，认真看看你走过的路，时时留意这条狗——因为它是靠本能往前走的，所以不会出错——你就会知道下一步会发生什么，就像在镜子里看到的一样清清楚楚。”

汤姆听了惊讶不已，不过他还是听从了她的话，因为他已经总结出经验：听仙女的话准没错。

“这就对了，亲爱的孩子，”凯莉嬷嬷继续说，“按照我的习惯，我要给你讲一个故事，听完你就会明白我说的完全是对的。”

“从前有两个兄弟，一个叫普罗米修斯，他总是朝前看，吹嘘自己有先见之明；另一个叫埃庇米修斯，他总是朝后看，说话很谦虚，从来不吹嘘，就像爱尔兰人一样，总说自己是后知后觉。

“普罗米修斯确实很聪明，他发明了很多了不起的东西。可不幸的是，那些东西用起来并不好用，所以流传下来的很少。只有那些在犄角旮旯里挖掘的考古老先生们，发现了些叫不出名字的怪东西。

“而埃庇米修斯是个慢性子，在世人眼里，他就是个傻瓜、笨蛋、懦夫、慢牛、不起眼、没出息的人。那么多年里，他做的事情很少，但是，他做的事情从来都不需要返工。

“最后怎么样呢？

“后来，他们身边来了一个名叫潘多拉的女子，她的美貌绝世无双，而她的名字潘多拉的意思是‘拥有一切天赋的女人’。由于她手中有个魔盒，所以那个善想象、会预测、多疑、严谨、理性、缜密、总爱预言、总爱未雨绸缪的普罗米修斯对美丽的潘多拉和她的盒子敬而远之。

“而埃庇米修斯接纳了潘多拉和她的盒子，他对什么事情都是这种既来之则安之的态度。他和每个娶到美丽女子的男人的命运一样，埃庇米修斯结婚之后有欢乐也有苦恼。他们理所当然地偷偷打开了那个盒子，想看看里面到底有什么东西，看看有没有他们可用的东西。

“盒子一打开，人类所有的痛苦和疾病就从里面跑了出来，自私、冷漠、恐惧、肮脏这四大恶魔的孩子们也一起跑了出来——比如，麻疹、饥荒、江湖骗子、猩红热、未付的账单、束胸衣、百日咳、劣质酒、战争、暴君、和平贩子……

“除了这些，最糟糕的是还跑出了些坏小子和坏女孩。

“只有一样东西留在盒底没有跑出来，那就是——希望。

“所以埃庇米修斯就像世界上大多数男人一样，惹了一个大麻烦。不过，同时他也得到了世界上最好的三样东西——好妻子、经验和希望。而普罗米修斯不仅有同样多的麻烦，而且还自己制造出很多麻烦（你会听说的），他除了像蜘蛛吐丝结网一样从头脑里冒出一些奇思怪想之外，什么也没有。

“普罗米修斯只顾看着远远的前方，后来抱着一盒子路西法（这是他发明的唯一有用的东西，并且它的坏处并不比好处少）奔跑的时候，被自己的鼻子绊倒了（很多推理哲学家都会这样），他就在那里用火烧了泰晤士河，直到现在他们还没把火扑灭呢，所以必须把他拴在山顶，让秃鹰看守着他，他一动就啄他，免得他用他的预言和理论把整个世界搞得天翻地覆。

“而愚笨的埃庇米修斯却在妻子潘多拉的帮助下慢吞吞地做着工，他总是会回头看一看，看看有没有什么事情发生，到了后来他也能偶尔预知接下来会发生什么事了。他已经能够那么熟练地辨别自己的面包哪一面抹了黄油，以及猫朝哪边跳了，于是便开始制造些有用的东西，那些东西到现在还在使用。他开始在土地上排水、耕作，开始制造织布机、轮船、铁路、蒸汽犁、电报，和所有那些你能在万国工业博览会上看到的东西。他还开始预言饥荒、坏天气、股票价格和下一个思想热潮（这是最难的）——也就是所谓的舆论。最后，他变得像犹太人一样富有，人们在插手他的事情之前会三思而行，请他帮忙的时候倒是毫不犹豫，因为他很会赚钱，所以也负担得起。

"他的孩子们都是科学家，从事着世上体面而稳定的工作。而普罗米修斯的孩子们都是些狂热者、理论家、偏执狂、惹人烦的人，夸夸其谈的人。他们只会告诉愚蠢的人们将要发生什么，而不去看看已经发生的事。"

凯莉嬷嬷讲的这个故事是不是很精彩？而且可喜的是，汤姆相信它的每一个字。

因为汤姆对此有切身体会。因为一直被狗追着脚后跟（准确地说是脚趾，因为他是倒着走的），虽然这使他能够看清狗要走哪条路，但也让他很疲惫，而且倒着走要比正着走慢得多。更叫人难堪的是，他刚离开太平湖，就有很多人朝他走来——所有的魔术师、算命师、占星家、预言家、规划师、魔法师（就跟那个地方一样多，那地方到处都有），还有骑着扫帚的老希普顿修女、大魔法师梅林，诗人托马斯、教皇西尔维斯特二世、作家拉邦努斯·毛鲁斯、预言家诺查丹玛斯、天使然德基尔、画家拉斐尔、摩尔、老尼克松，还有很多很多穿着黑色外套，打着白色领带的人（由于出生时代的原因，他们懂得更多），这些人全都对着汤姆大声疾呼："朝前看，一定要朝前看，我们会给你看看人们以前从来没有见过的东西，还有世界的尽头！"

我可以骄傲地说，虽然汤姆没有上过剑桥大学（如果上过，他一定会名列前茅），但他是个地地道道的英国男孩。他顽强、勤奋、结实、坚定不移。从太平湖到乌有世界另一端的路上，他的眼睛一直盯着那条小狗，听凭它自己去辨别气味，感受热冷干湿，选择走直路还是走弯路，爬山还是涉水。就这样，他从来没有出过差错，而且看到了所有超乎人类想象的精彩事物，这些事情我会在下一章里告诉你。

# 第八章（尾声）

汤姆去乌有世界另一端的路上遇到的奇事数不胜数，现在就来说说其中的第九百九十九件吧，所有的好孩子都应该来读一读这个故事。因为读过之后，如果有一天他们去了乌有世界那端（这是很有可能的），就不会觉得好笑，或者试图逃跑，或者做其他任何可能激怒惩恶仙女的事情了。

话说汤姆一离开太平湖，就去了大海母亲的怀抱，那里有一万英寻深，它整天在那里为世界制作流食，让水气巨人去搓捏，让烈火巨人去烘焙，就这样造出了馒头山和糕饼岛。

汤姆到了那里，差点儿被当作流食做成化石水孩子。那样的话，一定会让千万年后的新西兰地质学会震动不已。

当时，他正踩着柔软的白色海底，在昏暗寂静的海水里走着，突然听到嗞嗞声、咆哮声、拍打声、抽吸声，好像全世界的蒸汽机都一起开动了似的。当他走近时，发现海水已经变得滚烫，这还不算，最让他受不了的是，海水还变得像麦片粥一样浑浊，而且随时都会遇到死了的海蚌、鱼、鲨鱼、海豹、鲸鱼，它们全都是被炽热的海水烫死的。

后来他碰见一条大海蛇，死了躺在海底。那条蛇非常粗大，他连爬都爬不过去，汤姆不得不沿着它绕了将近一英里，这使他不幸偏离了自己的路线，等他绕过来的时候，却来到一个叫“止步”的地方，于是他就停住了脚步，他停得真及时呀。

原来，他正站在一个巨大的海底洞穴边缘。大量清澈的蒸汽从洞底呼啸着喷发出来，其能量足以把全世界所有的蒸汽机一起发动起来。刚开始，蒸汽很清澈，几乎是透明的，汤姆往上几乎可以看到海面，往下可以看清洞穴，洞穴几乎深不见底。

可是他刚低下头往洞穴里一看，鼻子就被卵石重重地击了一下，吓得他赶快往后跳了回去。原来洞中的蒸汽往上喷发的时候，把洞壁的泥沙也冲掉带了上来，像下雨一样把泥浆、沙石和灰烬撒到大海里，这些泥浆、沙石和灰烬四散飘落，沉积到海底，很快就把那些死去的鱼虾掩盖了起来。汤姆站在那里不到五分钟，沙石已经埋到了他的脚踝。汤姆害怕起来，害怕自己要被活埋掉。

照当时的情形下去，也许汤姆真的就被活埋了。可是正当他那么想的时候，他待着的那个地方突然整个脱开海底，被吹了上去，把汤姆从海底吹出一英里高，他不知道接下来又要发生什么。

后来，他噗地一下停住了！发现原来自己被一个从来没有见过的怪物的腿紧紧缠住了。

那怪物身上长着数不清的翅膀，有风车的扇叶那么大，也像风车扇叶那样排成一个圆圈。怪物靠着这些翅膀悬停在喷发出来的蒸汽里，就像一个皮球悬停在喷泉上面。它每一只翅膀下面都长着一条腿，腿的末端有个像梳子一样的爪子，腿根处还有一个鼻孔。中间没有肚皮，只有一只独眼。说到嘴巴，就像海星只有一面长棘一样，侧长在一边。总之，这是个稀奇古怪的动物，不过，也并不比你可能见到的很多海生物古怪多少。

“你到这里来想干什么？”怪物暴躁地叫道，“为什么挡我的路？”它想把汤姆甩开，可是汤姆紧紧抱住它的爪子，因为他觉得还是待在这里更安全些。

于是汤姆告诉了这个怪物自己是谁以及为什么来这里。怪物眨了眨它那只独眼，轻蔑地说：

“我一大把年纪，岂是你能骗得过的。你是来偷金子的，这我知道。”

“金子！金子是什么？”汤姆的确不知道，可是这个疑神疑鬼的老怪物根本不相信他说的话。

过了一会儿，汤姆就开始有点儿明白了。原来，蒸汽从洞里喷发上来的时候，那怪物就用鼻孔嗅一嗅，用梳子一样的爪子分类整理，等过一会儿这些蒸汽穿过它的翅膀的时候，就化作了金属的细雨和细流。一只翅膀下落金，一只翅膀下落银，一只翅膀下落紫铜，一只翅膀下落锡，一只翅膀下落铅……这些金属有的落入泥浆，有的落入山脉，有的落入岩缝，在那里凝结成了固体。这样一来，岩石里就饱含了许多金属成分。

可是突然间，有人在下面把蒸汽关掉了，洞里霎那间变得空空如也，海水随即灌了进去。被卷进旋涡的怪物像个陀螺似的飞速地旋转着，不过它早料到会这样，就像猎犬终究会倒下，所以它只是对汤姆说：

“年轻人，如果你刚才说的是真话，现在你就该下去了。不过我不相信。”

“你等着看好了。”汤姆说话的神态像敏希豪森男爵一样勇敢，然后纵身一跃，像条爱尔兰鲑鱼似的冲进了湍急的水流。

到了洞底之后，汤姆游啊游啊，一直游到平平安安地着了陆，来到了乌有世界那端。但是，就像大多数人一样，他惊讶地发现那里竟然比他想象的更像“实有世界这端”的情形。

他先是经过了一片废纸场，看到所有的蠢书在那里漫山遍野地堆放着，多得就像冬天树林里的落叶。他看到人们在那里又是挖又是掘的，想用这些坏书编造出更坏的书来，好比打下的是秕糠，却只保留秕糠上的尘土。可是他们这买卖还做得挺兴隆，尤其是在儿童中间。

后来他又途经了污水海、垃圾山、弃食区，那里的地面黏糊糊的，因为那都是用变质的太妃糖做的（当然不是埃弗顿太妃糖），而且地上到处都是深深的裂缝和洞，里面都是些被风吹落的果子、青鹅莓、黑刺李、越橘、野蔷薇果、山楂，以及所有那些只有孩子才会捞着就吃的低贱东西。那一带的仙女们总是一看见这些东西就赶紧藏起来，她们做这种工作非常辛苦，却没什么用。因为刚把旧垃圾藏起来，那些愚蠢缺德的人又弄出新垃圾来，里面满是石灰和有毒的颜料，还从居里夫人的科学书里偷来配方，发明出许多给儿童吃的毒药，在守护神节、集市、小卖店里出售。算了，由他们去吧。即使利斯比医生和哈斯尔医生也捉不住他们，虽然整天都设着机关想抓他们，但那位手里拿着桦树条的惩恶仙女迟早会捉住他们，叫他们把自己店铺里的东西全部吃个遍。到那时，他们就会一个个胃痛难忍，从此改了毒害儿童的恶行。

后来，汤姆又见到了世界上那些不起眼的人物，他们正在写着世界上那些关于小人物的不起眼的书，这大概是因为他们没有大人物可写吧。所以如果书名不是《尖叫》《打火机》《如此狭小的世界》《侃大山》《童言稚语》，还能是些什么呢？而且这里的其他小人物读的也都是这些书，他们个个都觉得自己优秀得能当总统。也许他们是对的，毕竟只有自己最了解自己嘛。但是汤姆自己宁愿去读轻松愉快的童话故事，比如《巨人克星杰克》或者《美女与野兽》，从这样的书中，他可以学到以前不懂的东西。

汤姆又来到创世处（他们把这里叫“中心”），那地方位于南纬 42.21 度，东经 108.56 度。

他发现那里的所有聪明人都在向人类讲授着精神解脱的学问，而此时他们头顶上方的房子已经着火了。汤姆告诉他们着火了，他们立即怒不可遏地召开了会议，一致决定把汤姆的小狗绞死，罪名是携带火药入境。汤姆忍不住申辩说，虽然他们自以为两百年前他们带走了林肯郡所有的智慧，但是，如果他们当中哪怕只有一个林肯郡贵族能像亚伯勒伯爵那样英明，他一定会先呼叫消防车，而不是先绞死别人的狗。但他说这些也没用，小狗还是被绞死了，而且汤姆连小狗的尸体都不能带走。因为这个国家废除了私人保有尸体的法案，唯恐魔鬼跑出来的时候，那些执着的人会自行复活。按说他们的小算盘打得不错，照以往的经验，这本来是万无一失的，可是（他们总是会有可是）他们败在了一个小细节上，那就是，这狗是条水狗，它是不会死的。它狠狠地咬了他们的手指，他们只好放掉了它，同时也放走了英国臣民小汤姆。这件事情发生之后，他们重新开始召唤他们列祖列宗的神灵，那些可怜的古老神灵来到这个时代一看，惊讶地发现，在惩恶仙女的管制下，他们的后裔已经被艰苦的生活折磨得多么虚弱。

汤姆又来到一个叫“积极行动”的岛屿(有人叫它“无赖港”，其实那样叫是不对的，因为它坐落在布兰希尔森林中央，当地的警察早就把那些无赖赶走了)。这个岛上的人们，都对别人家的事情比自己家的事还清楚。可想而知，这是个人声嘈杂的地方，因为这里的居民都在“人类议会和世界联盟”中占有一席之地，这就难免瓦釜雷鸣、颠倒是非，抱怨仙女的葡萄是酸的。

汤姆看到那里的犁拉着马，钉子敲锤子，鸟巢掏孩子，书籍写作者，黄牛养着店，猴子用爪子挠猫，死狗拿活狮子操练，瞎军官当了大学校长，戏剧演员成了大受欢迎的牧师……总之，人人都去做自己不会做的事，原因是他们做自己会做或者假装会做的事情时都失败了。

那里耸立着一座大失败万神庙，从巴比伦塔的建造者到特拉法尔加喷泉的建造者全被供奉在里面。政客们在那里宣讲本应推行的政法；阴谋家在那里宣讲本应成功的革命；经济学家在那里宣讲本应可以让每个人都发财致富的规划；工程师在那里宣讲本应把泰晤士河点着的各种发现；鞋匠们因为鞋子卖不出去而在那里大讲矫形术（管它是什么鬼东西）；诗人们因为写的诗没人读而在那里大讲审美学（管它是什么鬼东西）；哲学家在那里发表演说，说如果英格兰回归信仰天主教，它将会是世界上最自由、最富有的国家；穷文人在那里大肆抨击《泰晤士报》，因为他们没有才华在那里谋到一个职位；年轻的小姐们带着收藏着查尔斯一世头发（天知道是谁的，真品用完之后，那些犹太人就用别人的头发代替）的小盒子四处招摇，上面还刻着简洁适当的传记——那地方真的很流行这一套，我希望你能活学活用并认真思考：

胜者得诸神眷顾，败者得少女欢心。

汤姆一走到城中心，那些人立刻一起围过来，都来为他指路，更确切地说，只是来提醒他：他走错了路。但是他们谁也没想起问问汤姆想去哪儿。

可是这些人一个把他拉到这边，一个把他推到那边，第三个大声对他说：

“你不能往西去，我跟你说，往西去是条死路。”

“可是我并没往西去，你可以看得出来。”汤姆说。

另一个又说：“东方在这边，亲爱的，我向你保证这边是东。”

“可是我并不打算往东去。”汤姆说。

“哦，好吧，都一样，不管你打算去哪儿，总之你走错了。”那些人异口同声地大声说道——这是他们有史以来唯一的一次意见一致。于是他们七嘴八舌地把指南针上面所有的三十二个方位全给汤姆指了个遍，弄得汤姆感觉像是全英国的路标都挤到了一起打起架来。

要不是小狗突然在人群中狂咬起人们的腿肚子，汤姆还能不能逃出这个城市就很难说了。原来，小狗见那些人围着主人拉拉扯扯，以为他们要把主人扯成碎片呢，便忽然发怒咬人了。它这么一咬起来，才让那些人有了点儿自己的事去操心。趁着他们都在揉自己被咬伤的小腿，汤姆和小狗才得以安然脱身。

走到岛边，汤姆发现了一个叫哥谭镇的地方，住在那里的都是聪明人。传说他们看见月亮掉在水池里，就在水里捞月亮，还围着布谷鸟栽下一圈篱笆，想常年保持春天。汤姆发现那里的人正在用砖头砌城门，因为城门太宽了，矮小的人们进不来。汤姆问他们这是什么缘故，他们告诉汤姆，他们是在扩大礼拜仪式。汤姆觉得这和自己没关系，就继续往前走去。不过他还是忍不住想到，在自己那个国家，如果小猫不能跟着大猫从同一个洞口进去的话，那它就只好待在外面喵喵叫了。

后来汤姆去了《金驴记》里描写的那个岛之后，看到了那些人的结局。那个岛上除了蓟草什么都不长。去了那里的人因为插手自己不懂的事务而全被变成了驴子，耳朵有一码长，就像《金驴记》里的卢修斯一样。他们也和卢修斯一样，要遵守生长规律，等到蓟草长成玫瑰，他们才能脱离驴形。在这之前，他们唯一可以安慰自己的就是这样一个想法——他们的耳朵越长，皮就越厚，这样挨打的时候就不会受伤了。

汤姆又来到一个很大的地方，这地方盛行传言，除了六个共和国之外，还有三十多个国王，而且说不定下一封邮件送来的时候还会更多。

汤姆在那里卷入了一场持久、黑暗、致命、极具破坏性的战争，战争是王子和权贵们发动的，既有信仰原因也有情绪原因。他们为什么发动战争呢？我敢说，如果我不告诉你，你永远也不会知道，你也不会知道他们是怎么发动战争的。他们的战略和战术又安全又简单，那就是捂着一边耳朵同时向对方大声喊："不要告诉我！"然后快速跑开。

所以汤姆到那里时，发现所有的人，不管高的、矮的、男的、女的，还是小孩，全都没日没夜地在四处奔逃，请求不要告诉他们那些他们不知道的事情。因为那地方只是一个岛屿，而他们又都厌恶水（大部分都是腐臭的水），只好围着岸边一圈一圈没完没了地跑啊跑，非常辛苦（因为那个岛上的生存环境和我们有幸拥有的这个星球差不多），尤其是还有工作要做的人。但是在他们前面，有一位作为指挥和领跑者的绅士正在边跑边剪猪毛，那头猪发出的悠扬悦耳的声音一直引领着他们前进，即使不能征服敌人，至少可以带他们奔跑，这让他们的心灵得到一丝安慰——至少还可以得到些猪毛来补偿他们的痛苦。

跟在这些人后面日夜奔跑的还有一个又穷又弱又累又卖力的老巨人。这样的人本应得到无微不至的照顾，给他吃一顿好饭，给他找一个好老婆，让他跟小孩子玩耍。如果那样的话，他也会是个很体面的老头儿，因为他毕竟是有心的，虽然有些操心过度。

这个老巨人的身体主要是用鱼骨头和羊皮做的，又用绳子和加拿大树胶固定起来，闻上去有股浓烈的酒精味，因为他除了水什么也没喝过，但不可否认他的确是用过提神物的。他鼻子上架着一副大眼镜，一只手拿着捕蝶网，另一只手拿着地质锤，身上挂着许多口袋，里面装着标本盒、瓶子、显微镜、望远镜、晴雨表、军用地图、手术刀、手术钳、摄影器材，以及其他所有探索万物所需要的工具，还有一些其他东西。最奇怪的是，他不是朝前跑，而是朝后面跑，而且是拼尽全力地跑。

人们纷纷从他身边跑开了，只有汤姆没动，站在他腿间的地上挡住了他的路。巨人经过汤姆面前时，往下看了一眼，惊喜而欣慰地叫道：

“咦？你是谁？你当真不打算像其他人一样逃走吗？”汤姆注意到，巨人为了能看清他，不得不摘下了眼镜。

汤姆告诉了他自己是谁。巨人立即掏出一个瓶子和一个塞子，想把汤姆收集到瓶子里。

可是汤姆很机灵，在巨人双腿中间和前面三藏两躲，巨人就看不见他了。

“不行，不行，不行！”汤姆着急地说，“我还没有环游全球，还没有走遍世界，还没走到凯莉嬷嬷的天堂，绝不能被你这种老巨人用瓶子捉住，把我当成海参或者乌贼之类的装在瓶子里。”

巨人明白了汤姆是个多么了不起的旅行者，立即就跟汤姆讲和了，他非常高兴能有人和他说些他不知道的事情，真想一直把汤姆留在那里给他讲。

“啊，你这幸运的小孩！”他只是简单地说——要知道他可是个最单纯、最快乐、最诚实、最善良的像老牧师桑普森那样的巨人，他曾不经意间颠覆过整个世界——“啊，你这幸运的小孩！如果我也能去一次你到过的那些地方，见识见识你见过的东西该多好啊！”

“好啊，”汤姆说，“如果你这么想，只要把头埋在水里浸上几个小时（我就是这么做的），变成水孩子，或者别的孩子，就会有那样的机会了。”

“变成个孩子？哦，如果我可以那样，可以感知自己正做什么，哪怕只有一个小时，那我就可以知道所有的事了，那我就安心了。可惜我变不成孩子了，而且即使能变，也没什么用，因为变成孩子我也感知不到自己在做什么。唉，你真是个幸运的孩子！”可怜的老巨人说。

“可是你为什么要追赶那些可怜的人们呢？”汤姆问，他很喜欢这个巨人。

“亲爱的，是他们世世代代一直在追赶我呀，他们向我扔石头，把我的眼镜砸掉不止五十次，他们骂我是恶棍，骂我是打败威尼斯、毁掉这个国家的缠头巾的土耳其人。我哪里知道他们是什么意思啊，我又没读过诗歌。他们把我赶来赶去，但永远抓不住我，因为我每次走过某个地方的时候，都会走得更快，变得更高大。我只是想和他们做朋友，像约瑟夫阿迪先生那样，告诉他们一些对他们有好处的事情。可奇怪的是他们竟然都那么害怕听到。我想也许是因为我和这个世界格格不入，不够机智。”

“那你为什么不转个身，如实告诉他们呢？”

“我不能那么做，因为我是埃庇米修斯的儿子，如果我不前进，就必定会后退。”

“那你为什么不停下来，好让他们走到你面前来？”

“唉，亲爱的孩子，你要知道，如果我停下来，所有的蝴蝶和鸟儿都会从我身边飞过去，那我就捉不到新物种了，我就会变得麻木迟钝、腐朽不堪而死去。我不想那样，亲爱的孩子。因为我还没有完成我的使命，就像他们说的：虽然我不知道它是什么，也不在乎它是什么。”

“你不在乎它是什么？”汤姆问。

“不在乎。做好眼前的事情，碰到稀罕的虫子就捉住，这就是我的信条。几百年来，我就是靠着这个信条，才活过来的。现在我得走了，亲爱的孩子，就在我和你说话的这会儿工夫，至少有九个新物种从我身边溜走了。”

巨人说完便继续往前走去，刚开始的时候像个老黄牛，后来就跑进了神殿的尖顶（因为那里的人只崇拜神像，否则他们就不会害怕巨人了），把神殿的尖顶撞飞了半截，他自己的后背也伤得很重。

可是巨人毫不在意。被撞断的神殿尖顶倒塌在他脚下，他就在落石间扒拉着查看起来，他移动着眼镜，从口袋里取出他的微型放大镜，惊喜地喊道：

“这只潮虫是个全新的物种，还有三只罕见的多足虫，还有一只法国蝴蝶之王先生说的（虽然他和一些法国人一样，总是急于下结论）那种仅在冰碛中存在的蛾子。这太重要了！”

他在神殿正中央坐下（他是多么不通世故啊）想研究一下他的多足虫。而此时由于神殿顶突然坍塌，把里面的神像砸得粉碎（可想而知），神甫们于是纷纷从门窗里仓皇奔逃出来，就像雪貂钻进兔子窝后，四散逃命的兔子似的。

可他完全没有注意到这些。因为这时刚好有只蝙蝠从落尘中飞了出来，被他一下给捉住了。

“天哪！这个就更重要了！这和麦克里伍基·布朗坚持说只有某个寺庙里才有的那种蝙蝠是同一种。照我看，这不过是因为气候不同而产生的新变种罢了。”

他把蝙蝠放在口袋里，站起身，继续向前走去。那些人还在奔逃——为了几个新物种和一只蝙蝠就毁了神殿，他们可高兴不起来。

“哎，”汤姆心想，“这场争战挺有意思，公说公有理，婆说婆有理。不过这都不关我的事。”

没错，因为他是个水孩子，所以具有辨别真理的天性，这是常人不具备的，除了水孩子、陆地孩子和空中孩子，别的生物都不具备这种能力。只有一直做个孩子，才会具有这种能力。

就这样，那个巨人转着圈追赶那些人，那些人也转着圈追赶巨人。说不定他们现在还在那样奔跑呢，恐怕要一直跑到他或者他们或者双方都变成小孩子。然后，就像莎士比亚所说的（所以一定是正确的）——

大家都会如愿以偿
谁也不会大失所望
失而复得，皆大欢喜。

汤姆又来到一座著名的岛，那个岛在大航海家格列佛船长时代叫作勒普泰岛。但惩恶仙女给它另取了个名字，叫“孩头岛”，岛上的孩子只有脑袋，没有身体。

汤姆游到那座岛附近，听到那里传来嘈杂的声音，嘤嘤声、嗡嗡声、号叫声、悲鸣声、啜泣声，哀哀切切、哭哭啼啼，他想一定是岛上的人们正在给小猪拴鼻环，或者剪小狗的耳朵，或者淹死小猫。等他离岛更近一些的时候，才听出嘈杂中还夹杂着说话声，那是“孩头”们每天晨昏和夜晚必唱的考试之歌——

考试即将来临，我的功课还没学会！

他们只会唱这么一句。

汤姆上了岸，首先映入他眼帘的是一根大柱子，柱子的一面刻着“禁止携带玩具”。汤姆吓了一跳，没再去看柱子的另一面写的什么。他四处去寻找岛上的人，可是他发现那里没有男人，也没有女人，也没有小孩，只有些大萝卜、小萝卜、甜萝卜、甜菜根，而且这些萝卜连一片绿叶子都没有，还有一半已经烂掉了，长出些毒蘑菇。剩下的那些一看见汤姆，都蹩脚地操着五六种不同的语言，一起向他哭诉起来：“我的功课还没学会，快来帮帮我吧！”

一个问：“你能告诉我怎么求这个平方根吗？”

一个问：“你能告诉我天琴座阿尔法星到鹿豹座贝塔星的距离吗？”

一个问：“美国俄勒冈州诺曼县斯努克斯威尔镇的经纬度是多少呀？”

一个问：“穆提乌斯·斯克沃拉的十三表弟的奶奶的女仆的那只猫叫什么名字？”

一个问：“一个体能一般的校督倒立着从伦敦走到约克郡需要多长时间？”

一个问：“在某个没被发现的国家里有一个地方，没人听说过那里，而且那里什么事情也没发生过，你能告诉我那地方叫什么名字吗？”

一个问：“古书中论述鳄鱼为什么没有舌头的这一段被篡改得一塌糊涂，你能告诉我怎么修正吗？”

它们问个没完没了，让人以为它们全都要去当海关检查员或者重骑兵团的掌旗官似的。

“就算我告诉了你们，这对你们究竟有什么用呢？”汤姆不解地问。

哎，它们连这个也不知道，只知道马上就要考试了。

汤姆跌跌撞撞地走在那片原野上，在一个瑞典萝卜坑里遇到了一个最大最温和最敏锐最成熟的大萝卜。它大声向汤姆喊道：“你能不能随便告诉我点儿什么？”

“你想了解哪方面的？”汤姆问。

“随便，反正我随学随忘，所以我妈妈说我的智力不适合学系统的东西，让我一定要多学点儿常识。”

汤姆告诉它，说自己并不知道将军的消息，也不认识什么军官。只是曾经有个当鼓手的朋友。不过他可以给它讲讲他一路上遇到的很多奇闻异事。

汤姆于是跟它侃侃而谈起来，可怜的萝卜听得非常认真，可是它听得越多，忘得也越多，身上的水也出得越多。

汤姆以为它在哭，其实它只是学习太用功而导致用脑过度。汤姆讲到后来，那个不幸的萝卜浑身上下都淌出萝卜汁，它的身体开始裂开、萎缩，最后只剩下了一个外壳和一摊水。汤姆看到这情景，吓得赶快溜走了，生怕有人抓住他，说他害死了那个萝卜。

可是正相反，大萝卜的父母非常高兴，说那个萝卜是圣徒和殉教者，在它的墓上刻了一大篇祭文，讲述它如何才华横溢，如何少年老成，如何天赋过人。你觉得这对夫妇是不是很愚蠢？但是它们隔壁的那对夫妇比它们还要更蠢呢，隔壁的夫妇俩正在责打一个可怜的小萝卜，它还没有我的拇指大呢。它之所以挨打，是因为它总是闷声不响、死不开窍、呆头呆脑，它们哪里知道，它学不会东西，还不愿意说话，是因为它的身体里有条大虫子啃光了它的脑子。其实这对夫妇也不比很多父母更愚蠢，那些做爸爸妈妈的，该给孩子玩具的时候却给一顿鞭子，该送孩子看病的时候却把孩子送进小黑屋。

汤姆看到这些，心中又害怕又迷惑不解，很想找人问问为什么要这样。后来，他碰到一根体面的旧手杖，那手杖躺在地上，半截身子埋在土里。不过，这可是根又结实又贵重的手杖，是了不起的罗·阿谢姆以前用过的，它的顶部还雕刻着手里捧着《圣经》的爱德华六世国王的雕像。

“你知道，”那根手杖说，“从前，这里本来也有很多像你那样聪明伶俐的孩子，如果让他们像常人一样慢慢长大，再交到我手里的话，可能到现在他们还是那么聪明伶俐。可是他们愚蠢的爸爸妈妈不许他们做孩子该做的事情——比如去摘野花、玩泥巴、掏鸟窝、在鹅莓丛中欢跳，却让他们一直做作业，平时有平时的作业，周日有周日的作业，每周有周考，每月有月考，每年有年考。好像考一遍不够多，而够多才够好似的，每样都要考七遍，直考得孩子们脑子越来越大，身体越来越小，最后全都变成了萝卜头，肚子里除了一腔水之外什么也没有。而他们那些愚蠢的父母总是一看到他们长出叶子就摘掉，生怕他们有一丁点儿的生机。”

“唉！”汤姆说，“如果亲爱的抚慰仙女知道这事，一定会送给它们好多好多的陀螺、皮球、玻璃球和地滚球，让它们快乐得像土孩子一样。”

“没用了,”那根旧手杖说，“它们现在想玩也玩不成了。你没看见吗？由于它们长期缺乏锻炼，身体越来越羸弱，精神越来越抑郁，它们的双腿已经变成了根，扎进了泥土里。喏，主考大人来了，我劝你还是快跑吧。不然的话，它也会让你和你的小狗参加考试，再派你的小狗去考其他所有的狗，派你去考其他所有的水孩子。谁也逃不出它的手心，因为它的鼻子有九千英里长，能够钻过烟囱，钻过钥匙孔，上楼，下楼，穿堂入室，去考所有的小孩子，而且还要考它们的家庭教师。假如有一天轮到它挨鞭子的时候（惩恶仙女这么答应过我），我要狠狠打它一顿，否则我会死不瞑目。”

汤姆走了，但走得很慢，他感到愤愤不平，决定见一见主考大人。主考大人正从萝卜丛中迈着大步朝这边走来，边走边把沉重的负担和痛苦压在孩子们肩头，正如旧时代的抄书隶和法利赛人一样，这些事情它自己是决不碰一下的，因为它很有钱，住着上好的房子，应有尽有，总之比那些可怜的小萝卜阔绰得多。

汤姆走近一看才发现，主考大人是那么魁梧、那么壮实、那么专横，它大声吼叫着，让汤姆去考试，吓得汤姆和小狗夺路而逃。他不敢不逃啊，因为他看到那些可怜的萝卜又急又怕，为了备考，都赶快把东西往肚子里塞，有几十个萝卜在汤姆身旁爆裂开来，直弄得那地方噼里啪啦的，就像在奥尔德肖特训练营训练的日子一样，汤姆担心自己和小狗会被炸飞。

汤姆回到海边，正好路过那个可怜的萝卜的新坟。不过，惩恶仙女已经抹去了那篇赞美才华、老成、天赋的碑文，换上了她自己写的碑文。汤姆觉得写得很公允：

我苦苦忍受教导，
徒劳地又填又塞；
直到脑子灌满水，
才脱离苦难，永享安宁。

汤姆跳进了大海，一边往前游一边唱道：

再见了，大头娃娃们；
感谢我的星星，我只需学这三样；
读书、写字和算术，
帮我应对人间冷暖。

从汤姆编的歌词就可以看出他真不是当诗人的料。

汤姆又来到了荒唐国，这里的人全是异教徒，崇拜一只长啼猿。汤姆看到那里有个小孩正在路中间大哭。

“你为什么哭？”汤姆问他。

“因为我没有自己想要的那么害怕。”

“想害怕？你真是个怪小孩。不过，如果你真想害怕的话，来，看着——呜！——”

“唉，”那个小孩说，“我很感谢你的好意，不过我对这个没什么感觉。”

汤姆对他又是推搡，又是用拳头打，又是用脚踹，又是用砖头拍脑袋，所有的招数都用尽了，希望他能好受一点儿。

可是那小孩只是很有礼貌地谢谢汤姆，他说的话都是些文绉绉的长词儿，那是他从别人那里听来的，以为自己那样说也很得体。他谢过汤姆之后继续大哭，直到后来他的爸爸妈妈来了，立刻打发人去请巫师。这夫妇俩心地很善良，很愉快地和汤姆聊起他旅途中的见闻，一直聊到巫师来才停下，那个巫师带着个法术箱。

巫师是个大腹便便、不招人喜欢的人，曾经侍奉过波兰女王。汤姆乍一看见他吓了一跳，以为他是格莱姆斯呢。不过汤姆很快就发现自己认错了人——因为格莱姆斯先生看人的时候总是盯着人家的脸，而这个家伙完全不是那样。他一张口说话，就冒出火和烟；他一打喷嚏，就发出一连串爆竹般的声音；他一哭（只要能得到钱，他随时可以哭），就会洒出滚烫的沥青，而且一定会粘在你身上一些。

“来，来，来！”他像个哑剧里的小丑似的说，“你感觉不到害怕，对不对，小宝贝？我会让你感觉到的。我会叫你害怕！哇呀呀！呜呜哇！嘀鲁鲁！”

他举起法术箱，又是晃，又是敲，又是挥舞，嘴里喊着、叫着、咆哮着、怒吼着，跺着脚，跳着原始舞蹈。后来，他按了一下法术箱上的弹簧，立刻从箱子里面跳出许多大头鬼、魔法灯笼、用硬纸板糊的妖怪、弹簧腿杰克之类的东西，同时发出一阵可怕的丁零当啷、哗啦哗啦、轰隆轰隆的声音，把那个小孩吓得白眼向上一翻，一下晕了过去。

看到孩子吓晕过去，他的爸爸妈妈高兴得像是找到了一座金矿似的，一起在巫师面前跪下，请他坐进一顶银轿杠金轿帘的轿子，两个人亲自去抬他。可是他们刚一抬起来，轿杠就粘在了他们的肩头上，就再也没办法把他放下来了，不管愿不愿意，都只好抬着他走，就像辛伯达[1]航海时背的那位老人一样，那模样看上去真叫人同情。况且那位爸爸还是个勇敢的军官，身上佩戴着两把剑，钉着蓝纽扣，那位妈妈是个雅致的女人。可是你看，他们却一再选择去做这样的蠢事。所以按照惩恶仙女的规矩，不管他们愿意不愿意，都得继续抬轿子，一直抬到世界末日为止。

啊！你不希望有人去改变那些可怜的异教徒，教他们不要把他们的小孩吓晕吗？

"嘿，小孩，"那个巫师对汤姆说，"你想不想被吓一吓？我一眼就看出你是个邪恶、堕落、没有羞耻心的坏孩子。"

"你也是。"汤姆态度强硬地说。那人嘴里喊着"哇呀"向汤姆扑过去，汤姆也喊着"哇呀"向他扑过去，到了跟前，汤姆让小狗去扑那人，小狗冲着那人的腿扑了过去。

不知道你信不信，那家伙见此情景，像个老母猪一样"嗷"的一声，带着法术箱转身就跑，一面逃命，一面大声喊着："救命啊！抓贼啊！杀人啦！放火啦！他要杀死我啦！我要没命啦！他要谋害我呀，要打烂、要

---

① 《一千零一夜》名篇《辛伯达航海旅行的故事》里的主人公。

烧掉、要毁坏我宝贵的无价的法术箱呀。以后你们这地方就再也没有雷雨啦。救命啊！救命啊！救命啊！”

他这么一吆喝，那些爸爸、妈妈和荒唐国的所有人都朝汤姆拥去，一起叫喊着：“啊，这个邪恶、粗鲁、狠毒、厚脸皮的孩子！打他，踢他，拿箭射他，淹死他，绞死他，烧死他！”但是，因为仙女刚才已经把所有能伤人的东西都藏了起来，所以他们只能朝汤姆扔石子，有些石子从他身上穿过，又从另一边出来了。但他对这些毫不在乎，石头穿出的空洞随即就重新合拢了，因为他是个水孩子呀。不过当他安然逃出荒唐国时，他还是很庆幸的，因为那里的噪声都快要把他的耳朵吵聋了。

汤姆又来到一处非常清净的地方，叫作“远离尘嚣”。在这里，太阳把水从海里提出来，纺成气体的纱线，风就用这些纱线织成美丽的云锦，再做成最美丽的尚蒂伊蕾丝婚礼头纱，挂在他们的水晶宫里让买得起的人买走。善良的大海老人从不抱怨，因为她知道，到最后这一切都会还给她。于是就这样太阳纺纱，风儿织锦，这座庞大的气体织布机就这样顺利地运转着。想想这也很可能，想想吧，想想吧。

汤姆一路上经历了无数次奇遇，一次比一次离奇，最后终于看到了一座巨大的建筑，比某个新建的疯人院大得多，但奇怪的是，这个大建筑比疯人院要难看一点儿，而且用的材料也不大一样。老实说，至少我所见过的所有建筑里，都没有哪一处像这座建筑这样，里外都用九英寸的砖围起来，两层墙壁中间填上碎石。这样一来，那些为了让女王高兴而被关在里面的绅士，只消用餐叉或铁床腿轻松而有益健康地挖上一个小时，就可以为了让自己高兴而逃出去，到隔壁的园子里散散心了。是的，这座建筑的墙壁建得完全不合常规，这也不必细说，因为没人知道其中的奥秘。

汤姆向那座大建筑走去，心里好奇这到底是什么地方，同时又有一种莫名的预感，觉得可能会在里面找到格莱姆斯先生。他走着走着，看到有三四个人朝他跑过来，高声冲他喊着“站住！”等他们走近时一看，原来不过是几根警棍，没有胳膊也没有腿，就那么跑过来了。

汤姆并没感到惊讶。他已经见怪不怪了。因为他已经不下百次地看见舟形藻在水里游，它们就没有胳膊，没有腿，也没有任何替代手脚的东西，谁也不知道它们是靠什么移动的。

他也没感到害怕，因为他没有做什么坏事。

于是他就站住了。领头的警棍走上来问他做什么时，他拿出凯莉嬷嬷给他的护照递了过去。那警棍看护照的时候样子有点儿怪，因为它的独眼长在顶端的中间位置，它身体僵硬，所以看东西的时候，得把身体倾斜着戳在地上，奇怪的是它竟能保持不倒。不过，因为它总是充满正义精神（警察都是这样，所以他们的警棍也应该如此），所以不管怎样，它总能处于稳定平衡的状态。

“好——进去吧。”它检查完汤姆的护照，放行了。随后它又加了一句：“我还是跟你一起去吧，小伙子。”汤姆当然没意见，因为有个这样的同伴又体面又安全。那位警棍把手柄上的皮绳绕好（免得把自己绊倒。刚才跑的时候松开了），和汤姆并排向前走去。

“怎么没有警察拿着你们呀？”过了一会儿，汤姆开口问道。

“因为我们和陆地上那些做工粗笨的警棍不一样，那些警棍要不是专人拿着就哪儿也去不了。我们可以自己的工作自己做，而且做得很好，虽然我不该说这样的话。”

“那为什么你的把手上还要拴根皮圈呢？”汤姆又问。

“那是我们把自己挂起来用的，当然喽，我说的是我们不上班的时候。”

汤姆的疑问都有了答案，也就没再说话。后来，他们来到了监狱的大铁门前面。警棍用自己的头撞了两下门。

大铁门上的小门洞开了，一杆装满子弹的老式黄铜大火铳探出头看了看，这就是狱卒。汤姆一看见它，不由得就往后一缩。

“这是哪一桩案子？”它问道，喇叭口一样的大嘴巴里发出的声音很低沉。

“这次不是为案子的事，先生，请您行个方便，这位小先生是老太太那儿派来的，他想见见格莱姆斯，就是那个扫烟囱的。”

“格莱姆斯是吗？”火铳说。它把枪嘴缩了进去，大概是去查看囚犯名单了。

“格莱姆斯在三百四十五号烟囱上面，”它在铁门里边回答说，“所以这位小先生得爬到屋顶上去。”

汤姆抬头看了看巨大的高墙，看起来至少有九十英里高，心里发愁怎么才能爬上去。他向警棍透露了自己的为难处，问题立刻就解决了。只见那警棍一个急转身，在汤姆背后用力一扫，一下子就把汤姆送上了屋顶，那只小狗也被汤姆夹在胳膊下飞了上去。

汤姆踩着屋顶上的铅板走着，又碰见一根警棍，就对它讲了自己的来意。

“好的，”它说，“跟我来吧。不过恐怕是白费劲儿。在我看管的犯人里，他是心肠最狠、最不知悔改的家伙，满嘴脏话，只想着抽烟喝酒，当然，在这地方都是不允许的。”

他们踩着房顶的铅板向前走去。铅板上全是煤灰，汤姆心想那些烟囱一定很该清扫了。可奇怪的是，他发现那些煤灰并不粘脚，一点儿也没把脚弄脏。铅板上散落着很多烧红的煤块儿，可是也一点儿都烫不伤他。原来，这是因为汤姆是个水孩子，他的体液是又湿又冷的！你可以从卡尔达诺、海尔蒙特等人的著作里读到关于体液理论的详细解释，他们对这方面懂得非常多，无与伦比。

他们来到三百四十五号烟囱跟前。可怜的格莱姆斯被卡在烟囱里，只露着头和肩膀，上面全是煤灰，看不清什么模样，给人的感觉只有丑陋，汤姆简直不忍心看他。他嘴里还叼着一根烟斗，狠命地抽着，其实并没有点火。

“放规矩些，格莱姆斯先生，”警棍说，“这位先生是来探望你的。”

但格莱姆斯只是骂了一串脏话，仍旧自顾自地继续着他的抱怨：“我的烟斗抽不出烟，我的烟斗抽不出烟。”

“说话要文明，放规矩些！”警棍说着，像个拳头似的猛然弹出，用自己身体在格莱姆斯先生头上狠狠砸了一下，砸得格莱姆斯先生的脑仁在脑袋里面直晃荡，就像干了的核桃仁在核桃壳里面晃荡一样。他想伸出手揉揉被砸疼的地方，可是他的手被烟囱紧紧夹住，抽不出来，只好放规矩了。

“嘿！”他意外地说，“怎么，这不是汤姆吗？我猜你是跑来嘲笑我的吧，你这恶毒的小坏蛋！”

汤姆向他发誓说不是那样，自己只是想来帮帮他。

“我不需要别的。我想要啤酒，偏偏办不到；我想把这个破烟斗点着，偏偏也办不到。”

“我给你找个火。”汤姆说着，捡起一块火炭（房顶上多得是）放在了格莱姆斯先生的烟斗上，但火炭立即就熄灭了。

“没有用的，”警棍斜靠着烟囱，冷冷地看着他们说，“告诉你吧，没有用的。他的心太冷了，所有东西只要一靠近他就会冻结。你现在也看到了，事实就是这样。”

“唉，你说得对，这都是我自己的罪过。所有的事都是我自己的罪过。”格莱姆斯说，“求你不要再砸我了。（因为此时警棍又站直了身子，面露凶相）你知道，如果我的两只胳膊是自由的，你是不敢打我的。”

警棍又斜倚到烟囱上了，对格莱姆斯在言语上的侮辱毫不介意。它真像个训练有素的警察啊，工作中不夹杂任何个人恩怨，但只要有人违反道德、破坏法律，它就立即给予严厉打击。

“可我可以用别的办法帮你呀，我可以帮你爬出烟囱。”汤姆说。

“不行，”警棍阻止道，“他既然到了这里，就只能自己救自己。我希望他能早一点儿明白这个道理。”

“哼，你说得对，”格莱姆斯说，“都怨我自己。是我求着你们把我关到监狱来的吗？是我求着你们让我来扫这烟囱的吗？是我求着你们把点着的稻草放在我下面，迫使我爬上烟囱的吗？是我求着你们让我卡在这个煤灰堵塞得最最严重的烟囱里的吗？我卡在这里，也不知道要待多久，我猜恐怕是一百年，不能抽烟，不能喝酒，连个畜生都没法活下去，别说是人了，这也是我求你们干的吗？”

“你是没求着我们，”身后有个庄严的声音回答，“你这样对待汤姆的时候，也不是汤姆求着你的。”

原来是惩恶仙女在说话。警棍一看到她，立刻挺直身子，立正，然后深深地鞠了一躬，要不是它那么富有正义精神，它准会一头栽到地上，还可能会碰伤它的独眼。汤姆也跟着鞠了一躬。

“噢，夫人，”汤姆说，“别说我的事了。那都过去了，好也罢坏也罢，都是过去的事了。我能不能帮帮格莱姆斯先生？能不能让我把这些砖头搬开几块，好让他活动活动胳膊？”

“当然，你可以试一试。”仙女说。

汤姆就去抽那些砖头，可是一块也抽不出来。他又去擦格莱姆斯先生脸上的煤灰，可是那煤灰也擦不掉。

“天哪！”他绝望地说，“我走了那么远的路，经过了那么多可怕的地方，就是为了来帮你，可是现在我一点儿用都没有。”

“你还是不要管我了，”格莱姆斯说，“你是个善良宽容的好孩子，这是真话。你赶快走吧，马上就要下冰雹了，那会把你的眼珠都打出来的。”

“什么冰雹？”

“哦，这里每天晚上都会下冰雹。那本来是温暖的雨水，可是一淋到我头上就变成冰雹，像子弹一样击打我。”

“以后不会再有冰雹了，”那个怪仙女说，“我以前跟你说过那是什么。那是你母亲的眼泪，是她跪在床边为你祈祷时流下的眼泪，是你冰冷的心把它冻成了冰雹。她现在去了天国，不会再为她不肖的儿子哭泣了。”

格莱姆斯沉默了一阵子，神色黯然。

“这么说，我母亲已经去世了，我却没能跟她说说话！唉！她是个多么善良的妈妈，要不是我这样不肖，做那些坏事，她会在她的文达尔学校生活得很幸福。”

“她在文达尔办学吗？”汤姆问道。他便把自己去过那个小屋的经历都告诉了格莱姆斯，讲了他怎么去她家的，讲她如何讨厌扫烟囱的小孩，后来又待他如何好，一直讲到他是怎样变成水孩子的。

“唉！”格莱姆斯说，“她讨厌扫烟囱的小孩是有原因的。我离家出走后就去扫烟囱了，我从来不让她知道我住在哪里，也从来没给她寄过一分钱。现在说什么都晚了——太晚了！”格莱姆斯先生悲伤地说。

他哭了，像个孩子似的号啕大哭，哭得烟斗从嘴里掉下来，摔得粉碎。

“唉，要是我能够再回到文达尔做个孩子，看看那里清澈的小溪，看看苹果园和用水松做的篱笆，我会选择完全不同的生活！但现在都晚了。所以你走吧，你这个好心的孩子，别站在这里看一个大男人哭鼻子了，我的年纪大得可以做你的父亲，从来也没怕过任何人，再坏的人也不怕。可我现在怕了，我也该怕了。我这是自作自受。就像以前那个爱尔兰姑娘跟我说的：甘愿堕落的人终将堕落。可惜我当时一点儿也没听进去。这全是我的错，可是已经太晚了。”他哭得那么伤心，汤姆也跟着哭起来。

“永远不会太晚。”仙女说。她的声音异常柔和，汤姆惊讶地抬头看了看她。那一刻，她是那么美丽，汤姆几乎以为那是她妹妹。

真的没有太晚。看，可怜的格莱姆斯先生哭着哭着，奇迹出现了。他母亲的眼泪、汤姆的眼泪、任何人的眼泪都没能为他做到的事情，他用自己的眼泪做到了——他的眼泪洗掉了他脸上和衣服上的煤灰，接着又冲走了砖缝中的灰浆，那个烟囱倒塌了，格莱姆斯从烟囱中解脱了。

警棍一跃而起，准备在他头顶上“梆”地敲上一下，像敲瓶盖一样再把他敲进去。但仙女推开了它。

“如果我给你一个机会，你愿意服从我吗？”

“随您吩咐，夫人。您比我强大——这一点我很清楚；也比我聪明，这一点我也清楚。至于自作主张，我行我素，我已经为之吃尽了苦头，所以，随夫人怎么安排，我都服从，真的。”

“那好，你可以出来了。记住，如果再违背我，你会落到更糟糕的地方去。”

“抱歉，夫人，可据我所知，我从来没有违背过您啊。在这之前，我从来没有有幸见过您呀。”

“没见过我吗？那么那句‘甘愿堕落的人终将堕落’是谁告诉你的？”

格莱姆斯抬起头，汤姆也抬起头。原来这声音正是那天他们师徒二人上霍特沃府去的路上碰见的那个爱尔兰姑娘的声音。“我当时警告过你，而且你自己在那前后也曾千百次地告诫过自己。你讲的每一句脏话，你做的每一件残忍卑鄙的事，你醉酒的每一次，做丑事的每一天，你都在违背我，不管你知不知道。”

“如果我当时知道的话，夫人——”

“虽然你不知道是在违背我，但你其实很清楚自己在违背什么。出来吧，抓住这一次机会，也许这是你最后一次机会了。”

于是格莱姆斯就从烟囱里出来了。说真的，要不是他脸上那块伤疤，他看起来还真像个干净、体面的扫烟囱师傅呢。

“把他带走，”仙女吩咐警棍说，“给他一张出狱许可证。”

“让他去做什么呢，夫人？”警棍问。

“让他去打扫埃特纳火山口。他会在那里找到一些非常沉着坚定的人，那些人会教给他怎么干。要记住，如果火山口再被堵住，引起地震的话，你要把他们全给我押回来，我定要严肃查办。”

格莱姆斯先生被警棍押走了，那样子就跟淹死了的虫子一样顺从。

据我所知，直到今天格莱姆斯先生还在那里打扫埃特纳火山口呢。

“好了，”仙女对汤姆说，“你的任务已经完成了，你也可以回去了。”

“我很乐意回去，”汤姆说，“可是现在海底那个大洞已经停止喷气了，我怎么才能再穿过那个洞呢？”

“我带你从秘密通道上去，不过我得先把你的眼睛蒙住，因为我从不许任何人看见我的秘密通道。”

“我保证不会跟任何人说的，夫人，如果您不许我说。”

“啊，小宝贝，虽然你现在这样想，但是你一旦回到陆地世界，你立刻就会忘记你的承诺。因为如果人们一旦发现你来过我的秘密通道，所有的美人都会跪在你面前；所有的富人会把钱包倾倒在你面前；所有的政客会给你地位和权力。不管老少贫富，都会一起对你高喊：‘如果把秘密通道告诉我们，我们情愿做你的奴仆，我们选你做我们的老爷、国王、皇帝、主教、红衣主教、教皇，你想做什么就做什么，只要你肯告诉我们秘密通道。因为几千年来，我们一直在给那些骗子金钱，宠爱他们、顺从他们、崇拜他们，因为他们说他们有秘密通道的钥匙，可以把我们偷渡过去。虽然我们一次次失望，我们还是会同样尊敬你、颂扬你、崇拜你、传播你的旨意、尊你为神，因为你知道一些秘密通道的事，好让我们去那里朝圣，哪怕我们上不去，也可以拜倒在它的脚下求告——

啊，秘密通道，

珍贵的秘密通道，恬适的秘密通道，

无价的秘密通道，仁慈的秘密通道，

必不可少的秘密通道，合情合理的秘密通道，
必需的秘密通道，一直在寻找的秘密通道，
慈善的秘密通道，梦寐以求的秘密通道，
四海一家的秘密通道，尊贵的秘密通道，
善解人意的秘密通道，可敬可爱的秘密通道，
随和的秘密通道，绅士般的秘密通道，
有教养的秘密通道，淑女一般的秘密通道，
营利的秘密通道，正统的秘密通道，
经济的秘密通道，可能的秘密通道，
实际的秘密通道，可信的秘密通道，
逻辑的秘密通道，可论证的秘密通道，
演绎的秘密通道，无可反驳的秘密通道，
有权有势的秘密通道，万能的秘密通道。

请让我们免于承担恶果吧，护佑我们逃过惩恶仙女的判决！’你不觉得到那时候你就会动心，把你知道的说出来吗，年轻人？”

汤姆想了想，觉得确实会那样。“可是他们为什么这么想知道秘密通道呢？”他问道，他一听求告词那么

长就怕了，一点儿也没听明白，因为他真的不必懂那些，你也一样。

“这个我可不能告诉你。我从来不往小孩子的头脑里塞这些东西，这些东西很可能会自己钻进去。好了，来吧，我得蒙住你的眼睛了。”她用一只手在他眼睛上蒙了根布条，另一只手随即又把它解开了。

“好了，”她说，“你现在已经到楼梯顶了。”汤姆惊讶地睁大了眼睛，也张大了嘴巴，因为他觉得自己还一步都没动呢。可他朝四周一看，发现自己千真万确地已经平安到达秘密通道顶部了。至于这到底是怎么回事，没人能够告诉你，因为这显然是没人知道的。

汤姆首先看到的是苍翠的柏树，高高地直插在朝霞中，接着又看到圣布朗丹岛映在宁静、广阔、银光闪闪的大海里的倒影。风儿在柏树林中低吟浅唱，海水在岩石洞间轻歌曼舞。海鸟高歌着冲向大海，陆地鸟欢唱着在枝头做窝。空气中到处都弥漫着歌声，搅扰了在树荫下沉睡的圣布朗丹和他的隐士们，他们在睡梦中张开古老而善良的嘴唇，唱起了他们的晨歌。就在这纷乱嘈杂声中，出现了一个最甜美最清脆的歌喉，原来那是一个女孩在唱歌。

她唱的是什么歌呢？唉，我的宝贝，我的年纪太大，唱不出这首歌了，你的年纪又太小，也听不懂这首歌。不过，别着急，只要你保持心地单纯，两手清白，总有一天你自己也会唱出来，并不需要别人教你。

汤姆游到海岛近处，看见一个无比优雅的女孩在一块礁石上坐着，手托着腮，两只脚在水里划着水，朝水里望着。见汤姆游到跟前，她抬起了头。汤姆一看，原来是爱丽。

“呀，爱丽小姐，”他说，“你长这么大了！”

“呀，汤姆，”她说，“你也长大了！”

当然喽，他们两个都已经长大了——他长成了一个高大的男人，她长成了一个美丽的女人。

“也许我是长大了，”她说，“毕竟过了那么多日子。我坐在这里，等了你好几百年，以为你永远不会回来了呢。”

“好几百年？”汤姆心想。不过，他在旅途中见识的事情太多了，所以对此并没感到震惊。再说他现在脑子里想的只有爱丽，顾不上想别的。就这样，他站在那里看着爱丽，爱丽也站在那里看着他，他们是如此享受这美妙的时刻，一直站在那里互相凝望了七年多，没有说话，也没有动。

后来，他们听见仙女说："听着，孩子们，你们难道不再看看我吗？"

"我们一直都在看着你呀。"他们说。原来他们都以为自己看的是仙女呢。

"那就再看我一次吧。"仙女说。

他们转头去看仙女——两人一起惊呼起来："呀，你到底是谁啊？"

"你是亲爱的抚慰仙女吧。"

"不对，你是正义的惩恶仙女，但是你现在多么美丽啊！"

"也许不完全是，"仙女说，"你们再看看。"

"你是凯莉嬷嬷。"汤姆说，他的声音低沉而庄重，原来他已经领悟到了某些东西，这让他欢喜，也让他比任何时候都更加敬畏。

"可是你又变年轻了。"

"也许不完全是，"仙女说，"你们再看看。"

“你就是那天我去霍特沃府的路上碰到的爱尔兰姑娘！”

他们再看她时，觉得哪个都不像，然而又个个都像。

“我的名字就写在我的眼睛里，只要你们用心去看就看得到。”

他们仔细看着她那深邃而温柔的大眼睛，那双眼睛就像熠熠生辉的钻石一样，不断变换着各种颜色。

“现在可以看到我的名字了。”仙女过了一会儿说。

那一瞬间，她的眼睛闪烁着清澈耀眼的白光，可是两个孩子没能看到她的名字，因为他们看得眼睛花了，都用手捂住了眼睛。

“看来还不到时候，小家伙们，还不到时候。”她微笑着说。

然后她转身向爱丽说：“爱丽，现在你每星期日回家的时候可以带他去了。他这次立了大功劳，配得上和你在一起了，也算得上是男子汉了，因为他已经做了他不喜欢做的事情。”

从那以后，汤姆每个星期日都跟着爱丽回家，有时候不是星期日也去。他现在已经是个大科学家了，他会设计铁路、蒸汽机、电报、步枪，还有很多其他东西，他什么都懂，除了为什么鸡蛋孵不出鳄鱼，以及其他两三个不到世界末日谁也不知道的小事情。这些知识全都是他在海底下做水孩子的时候学到的。

“汤姆和爱丽当然结婚了，对吗？”

亲爱的孩子，这种想法多傻气啊！你难道不知道，在童话里，王子和公主以下的人从来不结婚吗？

汤姆那条小狗怎样了呢？

哦，你在七月里任何一个晴朗的夜晚都可以见到它。老天狗星前三个夏天就老弱不堪了，那几年简直没有一个像样的“狗热天”。所以他们只好把老天狗星换下来，让汤姆的小狗去顶替了。俗话说新官上任三把火，所以今年我们总算可以盼望有个暖和天了。我的故事到这里也就讲完了。

# 寓　意

好了，亲爱的孩子，我们可以从这个寓言故事里学到点儿什么呢？

我们大概能学到三十七件或者三十九件事，我也说不准到底是几件，但至少有一件我们可以学到，那就是——我们看见池塘里面的水蜥时，千万不能用石子扔它们，也不能用钓钩捉它们，也不能把它们放在鱼缸里和刺鱼一起养，因为刺鱼可能会去刺它们的肚皮，追得它们从鱼缸里跳出去，掉到谁家针线盒子里，落一个悲惨的下场。要知道这些水蜥都是水孩子啊，只是因为它们又笨又脏，又不爱学习，又不讲卫生，才变成这个样子的，所以（比较解剖学家五十年后将会告诉你为什么这样，虽然现在他们的学识还不足以解释清楚）它们的头骨变平了，下巴往前突了，脑子变小了，尾巴变长了，所有的肋骨都消失了（我想你肯定不愿意变成这样），它们的皮肤又脏又有斑，它们从来不游进清水河，更不会游到大海里去，它们永远只待在肮脏的池塘里，睡在泥巴里，靠吃小虫子活着，它们变成这样完全是咎由自取。

但我们不能因为这个就去虐待它们，而是应该怜悯它们，好好地待它们，希望它们有一天能觉醒过来，对自己卑贱、肮脏、懒惰、愚蠢的生活感觉到羞愧，努力改过，重获新生。因为如果它们愿意的话，也许经过三十七万九千四百二十三年九个月十三天两小时二十一分钟（也许正相反）的努力学习、仔细搓洗，它们的脑子会长大一些，它们的下巴会变小一些，它们的肋骨会重新长出来，它们的尾巴会萎缩掉，那样它们就又变成水孩子了，说不定之后还会变成陆地上的孩子，之后还有可能长大成人呢。

你认为它们不会，是吗？好吧，也许你比我懂得多。不过，你看，有些人就非常喜欢这些可怜的水蜥呀。水蜥从不伤害任何人，而如果它们想伤害的话，一定能伤害的。它们唯一的缺点是也没什么好处——比起千千万万的其他比它们高等的动物来说，但那些鸭子、梭鱼、刺鱼、水甲虫、淘气的儿童又能好到哪里去呢？

用苏格兰人的话来说，不也“惨遭折磨”吗？它们能活着真是奇迹。有些人总是希望能和仁慈的巴特勒主教一起，在某个地方、某个时候、用某种办法，有机会让世道变得公正、平等。

另外，你可要好好学习功课，感谢上帝让你有足够的冷水洗澡，那就像个真正的英国人那样在里面洗吧。另外，如果我的故事不真实，总有更好的事情是真实的。还有，即使我说的不完全对，只要你坚持努力学习、坚持洗冷水澡，那你总会对的。

但是你一定要记住，就像我一开始告诉你的：这完全是个童话故事，里面都是笑话和假话，所以你一句话都不要相信，即使它是真的，你也不要相信。